張小嫻

AMY CHEUNG

愛情王國

張小嫻

Novel of Amy Cheung

再見野鼬鼠

Goodbye, EA-6A

目錄

第一章——三十三罐空氣。

如果你一直不愛一個人，就不要突然愛上他，
因為當你愛上他，你就會失去他，這是上天對這個人的懲罰。

十九世紀犯罪學家 Cesare Lombroso 專門研究監獄裡罪犯的骨頭。他發現三分之一的罪犯骨頭都有相同的特徵，這些特徵包括：

一、臉孔大。跟骨頭、頸項和軀體比較，臉部佔的比例很大。

二、前額窄。

三、耳朵特別大或特別小。

四、眉毛亂，兩眉之間距離狹窄。

五、顎骨突出。

六、鼻子向上翹起，可以看到鼻孔。

七、鬍鬚少。

八、頭髮凌亂，多「髮旋」。

擁有以上幾種面相的人，是天生犯罪者。我不知道我爸爸是不是屬於這類人。八個特徵裡頭，他擁有六個特徵，只有兩個特徵不符合。他的眉毛不亂，兩眉之間的距離不算狹窄，顎骨也不算突出。他年輕時也算是個美男子，今年五十三歲，不知道為什麼越老越猥瑣。非常不幸，我長得像他，是他年輕時候的女裝版本，與他稍有不同的地方是我的臉不算大，鼻子沒有向上翹，看不見鼻孔。我們的一雙大耳朵最相似。

凌晨二時，我接到警署打來的電話，請我去保釋邱國——我的爸爸。

我在二時二十二分到達灣仔警署。我告訴當值警員我來保釋邱國，他領我到報案室後面的房間。我爸爸垂頭喪氣坐在一旁，一個庸脂俗粉，披頭散髮的中年女人坐在他對面，左邊臉腫起，嘴角有血絲。

「妳是他什麼人？」那個便裝探員問我。

「我是他女兒。」

那個便裝探員抬頭望我的目光，是我見過的最鄙視的目光。

「他毆打這個女人。」探員說。

我狠狠地望著我爸爸，這個五十三歲的天生愛情罪犯的頭垂得更低，不敢望我。

那個披頭散髮的中年女人要求警察送她到醫院驗傷。我付了保釋金，手續辦了三十分鐘，終於可以離開警署。離開警署時，一輛救護車剛剛駛進來。

爸爸踏出警署大門，整個人立即輕佻起來，用腳把地上一個活乳酸菌飲品的塑膠瓶踢到對面馬路。

「那個女人——」他試圖向我解釋。

「我不要聽！」我雙手掩著耳朵。

「剛才吵醒妳？」

「我還沒有睡呢！學校正在考試，你以為每個人都像你那樣風流快活的嗎？」

「妳的成績向來很好。」他討好我。

這時，救護車從警署駛出來，送那個女人去醫院，我伸手截停救護車。

「我們跟傷者認識的，可不可以陪她去？」我問司機。

司機回頭望一望車上那個女人，那個女人瞄了我爸爸一眼，沒有反對。

「好吧！」司機說。

我和爸爸上車，那個女人就坐在我們對面。不用我爸爸解釋，我已知道這是一宗有辱門風的男女糾紛。爸爸經常有不同女伴，年輕時如是，老了也如是。以前試過有女人闖上我家，今次鬧上警署，我並不意外。他左手無名指上戴著一枚白金戒指，那不是他的結婚戒指，大概是他和另一個女人的盟約吧。他老來一事無成，因為他天生是來戀愛的。

救護車很快到達醫院，下車後，我拉著爸爸離開。

「不是要陪她到醫院嗎？」他問我。

「誰說的？我只是想坐順風車。」

我家就在這家公立醫院附近，可以省一筆計程車費。

「虧妳想得到！我還是頭一次坐救護車回家。我一向讚妳聰明。」他又在討好我。

我爸爸最擅長便是說甜言蜜語，我媽大概是這樣被他騙回來的。後來，甜言蜜語不管用了，他們在我十四歲那一年離婚。他是一個很樂觀的人，常常以為明天會更好，所以沒有儲蓄的習慣，經常不名一文。他為我起名歡兒，是希望我也能感染一點歡樂的氣氛，可惜我性邱。

我整夜沒有睡，那些筆記好像讀不進去。我決定先放下筆記，睡兩小時恢復元氣。臨睡前，我叫醒妹妹樂兒上學，她今年讀中二，她對讀書好像興趣不大，其實應該說，她好像對什麼也沒有興趣。

中午回去考試，考試結束之後，我在走廊碰到胡鐵漢。

「別忘了這個週末見面。」他說。

胡鐵漢、朱夢夢、余得人、區曉覺和我，從小學四年級開始，直至中學，都是同班，感情十分要好。

胡鐵漢長得很帥，他爸爸是警察，他為人也很有正義感。他曾經有一段時間在電視節目中擔任小主持，成為童星。

中四那一年，朱夢夢去了加拿大唸書。

三年前她回來了，我們又經常見面。

週末的聚會在朱夢夢干德道二千八百呎的家舉行。夢夢家裡在南北行擁有數間海味店。她媽媽是南北行最時髦的女人。

「歡兒，妳來了，妳是第一個來到的。」朱夢夢在門口迎接我。

「這是你媽媽和你要的東西。」我把兩大袋護膚品放在地上點數，「有六瓶洗面乳、三瓶收斂水……」

「好了！好了！一共多少錢？」

「一千六百零二塊錢。」

「這麼便宜！妳的傳銷生意怎麼樣？」

「還不錯。」

「我真佩服妳，這份工作我就做不來，我最怕叫人買東西。」

「生活逼人嘛！」我笑著說。

我是在兩年前開始當上一家美國護膚品和健康食品的傳銷商的。此外，我還有三份補習的工作，加起來每個月可以賺到八千元。這八千元，是替區曉覺還債的。為了他，負債也是一種快樂。

中二那一年，我們同級十個同學一起到大浪西灣露營。早上出發時，天氣已經不太好。我們一行人到達大浪西灣時，天氣突然變得很惡劣，雷電交加，大雨滂沱，很多地方淹水，樹木倒塌，我們被困在一個沙灘上，紮的營不消五分鐘便遭狂風捲走。

我們走到附近一條村，那時已是晚上八時多，四周漆黑一片，有好幾間村屋荒蕪了，無人居住，很可怕。我們來到一間有燈光的村屋拍門，一個男人來開門。

那個男人帶我們到附近一間村屋過夜，而且要向我們收取兩百元度宿費。

那是一間沒人住的破落村屋，我們走進去，抬頭一看，赫然發現屋頂上有十具棺材。

「這幾具棺材是我們村中老人家的，他們習慣預先訂造棺材。這十具棺材，只有一具有屍體。」

「屍體？」我們嚇得尖叫。

「村中一位老人家今天晚上剛剛過世，屍體運不出去，所以放在這裡。」那個男人說。

「有沒有另外一個地方？」有人問他。

「只有這個地方。」那個男人說。

我們幾個嚇得縮作一團。我從來沒有見過真實的棺材，況且其中一具棺材還躺著屍體。

「你們不喜歡的話，可以到外面去。」那個男人冷冷地說。

「我們沒有別的選擇了，就留在這裡吧。」胡鐵漢說。

村屋只有閣樓和地面兩層，面積加起來不夠二百呎。下層最多只可以讓六個人躺下，其餘四個人要睡在閣樓，但閣樓最接近屋頂，屋頂上便是棺材，棺材就放在木架上。誰要是睡在閣樓，和棺材就只有四呎的距離。

「哪一具棺材有屍體？」余得人問那個男人。

「最左邊的那一具。」男人說完便離開村屋。

「我們來抽籤決定睡覺的位置。抽中骷髏頭的要睡在閣樓，如果抽中兩個骷髏頭的，便要睡在有屍體的棺材下面，有沒有人反對？」胡鐵漢說。

這個時候，虧他還提議畫骷髏頭。

我們面面相覷，沒有人有更好的提議。抽籤開始，我祈禱千萬不要抽中。結果，我抽中。

我坐在躺著屍體的棺材下面，雙手抱著膝蓋，掩著面啜泣。

「我跟妳交換。」區曉覺說。

「你不害怕嗎？」我問他。

「妳是女孩子嘛。」他爬過來跟我交換位置。

「曉覺，謝謝你。」

「睡吧，不要怕，很快便會天亮。」他安慰我。

我睡在曉覺旁邊，閉上眼睛不敢向上望，其實這一天晚上，不可能有一個人會睡得著。我從九歲認識曉覺，他從來不是隊中最突出的一個人，也好像沒有什麼主見。胡鐵漢可不同，他長得高大好看，是天生的領導人物，我一直暗戀著胡鐵漢，但那天晚上，他竟然躲在下層，完全沒有想過跟我換個位置。

我看看睡在我旁邊的曉覺，他用衣服把頭蓋著，整個人蜷曲起來，在被窩裡發抖。

「曉覺，你是不是很害怕？」我拍拍他的背，「我睡不著，我們談天好不好？」

他從被窩鑽出來，裝著很鎮定。

「你為什麼要跟我換位置？」我問他。

「除了胡鐵漢，還有別的男孩子，妳知道嗎？」曉覺望著我說。

原來我一直忽略了他。

因為喜歡我，所以雖然怕得要命，曉覺也願意跟我交換位置，睡在有屍體的棺材下面，我轉臉望著曉覺，他望著我，我從來沒有發現我們原來那麼接近。

曉覺聰明而任性，如果有一種人，要很遲才知道自己的人生目標是什麼的，曉覺便是這種人。他聯考的成績不好，考不上大學，渾渾噩噩地過了一年，突然發憤圖強，在倫敦大學入學考試，拿了三個A。英國布里斯托大學錄取他讀會計學。每年的學費和生活費加起來差不多要十五萬。曉覺的家境不太好，父母已退休，三個姐姐已出嫁，只有三姐的生活比較好。我是他的女朋友，我不忍心他的希望落空，而且我相信只要有機會，他一定可以學成回來。曉覺的三姐答應替他負擔每年半數的學費和生活費，餘下的一半，我向夢夢的媽媽借，然後按月攤還。還有一年，曉覺便回來。我們付不起錢買機票，長途電話費昂貴，如果沒有必要，也不會通電話，平時只靠書信來往，他每兩個星期會寄一封信給我。今年畢業，找到工作後，也許可以買一張機票去探望他。

胡鐵漢和余得人來到，余得人手上捧著兩個呎高的美少女戰士。

「送給你們的，美少女戰士！每人一個，是新到貨品。」

「這麼幼稚的玩具，我才沒有興趣。」我說

余得人的會考[1]成績不好，考不上預科，進入一間貿易公司當玩具採購。他這個人童心未泯，心智未成熟，做人又沒什麼目標，這份工作很適合他。

「開始找工作沒有？」余得人問我。

「在寫應徵信了。」我說，「你呢，胡鐵漢，你會做什麼？」

「不用問了，他一定跑去當警察。」夢夢說。

「我已經報考了警務督察。」胡鐵漢說。

「你就沒想過做其他工作嗎？」我問他。

「我小學四年級已經立志當警察。」胡鐵漢說，「我要除暴安良，儆惡懲奸。」

我幾乎忍不住把口裡的茶吐出來。胡鐵漢說的話好像電視上招募警察廣告的宣傳句子。

「歡兒，妳打算做什麼工作？妳唸心理學會做心理學家嗎？」佘得人問我。

「心理學家？每天對著心理有問題的人？我受不了。我想做公關和市場推廣的工作，已經寄出了很多封求職信。」

「我媽好像有一位朋友在公關公司工作，是香港其中一間最大規模的公關公司。要不要我媽介紹妳去？」夢夢問我。

三天之後，我接到這間公司的電話，叫我去面試。負責人是一個三十多歲的女人，從前參加過選美。

這個叫麥露絲的女人是公關公司的經理。我記得她參加過第五屆香港小姐選美，參選號碼是二號，沒有得名。

1. 香港中學生唸了五年中學（中一至中五），便要參加「會考」，以決定他能否升讀「預科」（即中六、中七）。

「妳是二號麥露絲？」我說。

她很驚訝我認得她，而且還記得她的參選號碼。

「妳的記性真好。」她說。

我記得麥露絲的原因是我爸爸當時喜歡她，並且用她的參選號碼買了一場馬，贏了數千元，我們就用那數千元添置了一部新的電視機、冰箱、洗衣機和電鍋。我家的四個現代化全靠麥露絲，我怎麼會忘記她？

「妳為什麼不去參加選美，妳條件也很好啊！」她說。

「我？我條件不好嘛！我又沒有勇氣。」

「現在的選美不參加也罷了，其實是選醜的。我們那時參加選美，真是每一個女孩子都很有水準的。」她自豪的說。

「是啊！我記得妳的旗袍是翡翠綠色的，有牡丹花圖案，胸前有一層蕾絲，很迷人。」

「妳的記性真厲害，都十幾年前的事了。」她笑得花枝亂顫。

「妳什麼時候可以上班？」她問我。

「妳決定聘請我？」我問麥露絲。

「你完全符合我們的要求。」麥露絲說。

「我可不可以考慮一下？」

「考慮？」她很意外。

「我想回家跟我爸爸商量一下。」我說。

我到另一公關公司面試，這一間的規模比不上麥露絲那一間，接見我的是一個接近五十歲，個子不高，臉上掛著笑容的男人，他的辦公室一片混亂，雜誌報紙和唱片堆積如山，還有幾張老香港的照片、幾幅油畫、幾雙名廠男鞋、幾個名廠公事包、幾把名廠雨傘。辦公桌上亂七八糟，放著幾十枝古董墨水筆，還有一大瓶話梅。

「要吃話梅嗎？」他問我。

「不用了，謝謝你。」

「妳是讀心理學的？」他翻看我的履歷。

「是的。」

「我昨天晚上作了一個夢，妳可否替我解釋一下？」他咬著話梅問我。

這個小老頭面試的題目竟然是請我替他解夢！

「放心，我作的絕對不是綺夢。」他把話梅核吐在菸灰碟裡，然後說，「我夢見自己不停地做菜，我做了很多菜，有豉油雞、咕咾肉、椒鹽蝦，呀，不是，是蒜茸蝦、辣椒蟹，總之很多很多小菜，事實上我是不會做菜的，所以一覺醒來之後肚子餓得不得了。這個夢有什麼寓意呢？」

「這種夢通常是女人才會作的。」

他吃了一驚：「是嗎？但我在夢中是男人。」

「如果夢中的自己不斷地做各種各樣的菜，就表示夢中人希望能夠把過去一段難以忘懷的戀情忘掉。」

他臉上露出驚訝的表情。

「我說錯了？」我問他。

「想不到真是日有所思，夜有所夢」。他說，「我剛好在上星期跟我女朋友分手。其實是她要跟我分手。」

沒想到這個接近五十歲的男人還沒有結婚。

「我很喜歡她的，她才二十五歲。單身老男人常常給年輕女孩拒絕。」他苦笑。

「你的外表看來很年輕。」我恭維他。

「因為我經常戀愛。」他洋洋得意地說。

「妳什麼時候可以上班？」他問我。

想不到我憑著解夢而得到第一份工作。

我起來向他告別，看到門後有四瓶紅酒，都是播都名酒。

「我喜歡喝酒，有些是早幾年買的，現在升值了，賣給朋友可以賺錢。我很後悔上次沒有買一瓶一九八二年的 PETRUS，這瓶酒會升值的。現在到處也找不到了。」

「你很愛搜集東西。」我說。

「不是搜集，是投資。日後賣不出去的東西，我絕對不會買。」他淘氣地說，

「妳來上班之後，我再慢慢教妳投資。」

「我沒有錢投資。」我說。

「女人最好的投資便是投資在一個好男人身上。」他說。

我打電話推了麥露絲，告訴她我答應了到韻生公關公司上班。

夢夢對於我的選擇也很奇怪。

「麥露絲很喜歡妳呢。她跟我媽稱讚妳，以為妳會到她那裡工作的。」

「韻生的薪水比麥露絲那邊高出一千五百元，以後我可以多匯一點生活費給曉覺。」

「原來是這樣，真是令人感動啊！要是曉覺變心怎麼辦？」夢夢說。

「他不會的。」我說。

「酒行裡有沒有一瓶八二年的 PETRUS？」我問爸爸。

「八二年的 PETRUS？很貴啊！現在要賣一萬塊錢，而且沒有貨。」

第二天，爸爸打電話給我，說他在貨倉找到一瓶八二年的 PETRUS。本來是一個客人要的，但他一直沒有去付錢。

「拿給我！」我跟他說。

到韻生上班的第一天，我帶著一瓶一九八二年的 PETRUS 去。

韻生的辦公室設在銅鑼灣，公司連接待員在內，共有十二位職員。每一個公關其實都是獨立工作的，計畫龐大，才需要找同事協助。坐在我附近的兩個人，一個叫香玲玲，一個叫王真。香玲玲是個如假包換的已婚族，我聽到她每隔十五分鐘便打電話回家問家裡的菲律賓女傭，兒子今天有沒有大便。如果她的兒子每十五分鐘大便一次，早就瀉到脫水了。王真身軀嬌小，看來弱不禁風，人倒十分友善。

「我的兒子已經兩天沒有大便了。」香玲玲皺著眉頭跟我說。

「他有多大了？」

「四歲，已經有這麼高了。」香玲玲用手比畫了一個高度給我看。

「一定很可愛。」我說，反正每一個媽媽都覺得自己的兒子最可愛。

「可愛得不得了，這個就是他！」香玲玲拿起辦公桌上的照片給我看。她的小兒子胖得肥腫難看，一定是天生癡肥的。

「真的很可愛。」我讚歎。

方元請大家吃午飯，當作歡迎我。他是一個不錯的老闆。

回到公司，我走進他的辦公室，問他，「方先生，你是不是想找一瓶一九八二年的 PETRUS？」

「妳知道哪裡有嗎？」

「我有一瓶。」

他喜出望外：「妳在哪裡找到的？」

「我爸爸在酒行工作的，就只剩下這一瓶，我帶了回來，不知道你想不想要。」我把那瓶酒交給他。

「當然要啦！這瓶酒還會升值的。要多少塊錢？」

「一萬塊錢，我這裡有單據，已經打了折。」

「我立即開支票給妳。」

「有一件工作要交給妳做。」他說。

「妳資歷太淺，其實不應該派妳去做，但我認為這是一個很好的機會讓妳學習。『蜂舒適』衛生棉被傳有蟲，更有人言之鑿鑿說有一個女人用了這支牌子的衛生棉，導致子宮生蟲，結果要將整個子宮切除。這件事根本是惡意重傷，總代理方面已經報警，但衛生棉的銷量大跌。總代理聘請我們處裡這件事。危機處理是公關工作一個很重要的課題，正好讓妳學習一下。」

為了跟進衛生棉有蟲的事，我第二天便到「蜂舒適」的總代理樂濤集團開會。樂濤是全港規模數一數二的代理商，代理的貨品有幾百種，單單是衛生棉，便有五種牌子，其餘還有紙尿片、衛生紙、洗髮水等等。「蜂舒適」的銷量是全港第一的，市場佔有率達五成，成為眾矢之的，是很容易理解的。我自己也是「蜂舒適」的愛用者。

接見我的，是樂濤的總裁，這個衛生棉大王，是個男人。

衛生棉大王比我想像中年輕，他看來不超過三十歲。我走進他辦公室時，他正聚精會神地砌一架模型戰機。

他正在做一個很微細的動作，把一粒小得像米的零件黏在飛機上，我站在一旁，免得打擾他，可是，這個時候我偏偏不爭氣，打了一個噴嚏。我用手掩著嘴巴，但這個噴嚏仍然驚動了他，我看到他的右手陡地顫了一下，那一粒零件黏錯了地方。

「對不起。」我尷尬地道歉。

他好像不太高興，仍然禮貌地說：「不要緊，請坐。」

「我是韻生公關公司的代表邱歡兒。」我把名片遞給他。

「我是高海明。」他說。

這個高海明，長得並不高大，大概有五呎六吋吧，身材瘦削，有一頭天生鬈曲濃密的頭髮，皮膚很白。一雙眼睛不像那些事業有成的人，炯炯有神，反而隱藏著一份悲涼和無奈。

「關於『蜂舒適』有蟲的謠傳，我已經擬好了一份澄清啟事，跟進的工作，也寫在計畫書裡。」我把計畫書交給他。

他在我面前默默把整份計畫書看完，一言不發。

「就這樣吧。」他說。

「高先生，你有沒有意見？」我慎重地再問他一次。

他搖頭，跟我說：「妳可以走了。」

我唯有站起來告辭，轉身離開的時候，他突然叫住我。

「邱小姐——」

「什麼事？」

我回頭問高海明。他終於有意見了。

高海明指指我左邊的衣袖，原來我的衣袖勾到了他的戰機模型的一小塊零件。

「噢，對不起。」我把零件放在他手心上。

「謝謝妳。」他又全神貫注砌他的模型。他的手勢純熟，接口非常完美，他該是經常砌模型的。他砌模型的時候，嚴謹得像正在進行一宗外科手術，飛機是他的病人，辦公桌就是他的手術檯，好像只要接合完成，噴上顏色，那架戰機就會直飛天際作戰。

我為「蜂舒適」搞了一個規模很大的記者招待會，聘請了兩位婦科專家發表專業意見，指出衛生棉有蟲，蟲經陰道爬入子宮，導致子宮生蟲的事根本不可能發生。這個招待會，高海明並沒有出席，由樂濤的總經理代表。接著我在報刊登了多天廣告再澄清「蜂舒適」有蟲的謠傳，「蜂舒適」的銷量回升，事情終於告一段落，但警方仍然未能查出是誰惡意中傷「蜂舒適」，案件已交由商業罪案調查科處理，不過據行內人說，同行中傷「蜂舒適」的機會很微，因為「蜂舒適」的幾個主要競爭對手的總代理公司都是大公司，不會冒險做這種事，所以很可能是樂濤裡一些被辭退的員工心懷怨恨而散播「蜂舒適」有蟲的謠言。

「妳做得不錯。」方元在辦公室裡跟我說。

「高海明不像我想像中的衛生棉大王。」我說。

「他是子承父業。」方元說，「但不要小覷他，他是個很聰明的人。」

「他看來很內向。」

「所以到現在好像還沒有女朋友。」方元笑說。

週末，我們在夢夢家吃飯。

「鐵漢，你考督察的事有結果沒有？」我問鐵漢。

「我被錄取了。」

「什麼時候開始受訓？」

「下個星期便開始為期三十六週的訓練。」

「三十六週後，就是男子漢了。」我說。

「你不怕死嗎？」夢夢語帶嘲諷問他。

「我——不——會——死——的。」胡鐵漢一個字一個字吐出來。

「那麼認真幹嘛？我知道你不會死，你至少能活一百歲，我們這裡幾個人都死光了，你還在活，成為人瑞，拿去展覽啦！」夢夢衝著胡鐵漢說。

「總好過妳遊手好閒。」胡鐵漢故意氣她。

「夢夢根本不用工作，如果我是她，我才不會去找工作做，大不了就學那些名媛，搞什麼籌款派對、時裝表演，或者拿數十萬出來跟最紅的男歌星拍一輯音樂錄影帶，出出風頭。」余得人說。

「如果要拍，我就拍自己的音樂錄影帶。」夢夢說。

「自己的音樂錄影帶？」我說。

「我想做歌星。」夢夢說。

「妳？」胡鐵漢冷笑。

「我打算參加電視台舉辦的歌唱比賽。我已經拿了報名表格。」夢夢說。

夢夢很有唱歌的天分，她的歌聲很動聽。

果然，夢夢順利進入決賽。

比賽當晚，我們去捧場。

到了夢夢出場了，她那一身打扮真的嚇了我一跳，她穿一件黑色的膠衣和一條膠褲，活像一個垃圾袋，她自己的表情也有點兒尷尬。但夢夢的確有大將之風，她的聲音低沉而特別，其他的參賽者根本不是她的對手。如果她不是被打扮成一個垃圾袋，表現將會更好。結果她得到冠軍。

唱片公司聲言要力捧夢夢，跟她簽了五年合約。她開展得很順利。

高海明真不夠好運，「蜂舒適」的事件平息不久，又輪到他代理的一家紙尿片出事。

樂濤代理的「愛寶寶紙尿片」被傳有蟲，更傳出有一個三個月大的男嬰用了「愛寶寶」之後，被蟲咬爛了半邊屁股。「愛寶寶紙尿片」是全港銷量第二的，市場佔有率約三成。紙尿片有蟲和衛生棉有蟲是不同的，因為紙尿片用的物料的確會生蟲，如果包裝做得不好的話，便有機會讓蟲滋生，好幾年前有過一宗某牌子紙尿片有蟲的事發生，結果代理商收回市面上所有紙尿片。但今次「愛寶寶」有蟲的事件至今仍是傳言，沒有人投訴，這種惡意中傷的手法就和中傷「蜂舒適」的手法一樣，很可能是同一個人或一幫人做的。

為了「愛寶寶」的事，我再次上樂濤跟高海明見面。如我所料，我進入他辦公室的時候，他正聚精會神地砌另一架戰機模型，模型已經完成了百分之八十。

本來旗下產品接連被惡意中傷，應該很煩惱才對，但高海明看來很平靜。跟上次一樣，他默默地看完我的計畫書，沒有任何意見。

「就這樣吧。」他重複同一句話。

「那我就這樣去辦了。」我起來告辭。

「邱小姐——」他叫住我。

「什麼事？」我連忙看看自己兩邊衣袖，是不是又不小心勾到他的模型零件。

「可以讓我看看妳雙手嗎？」他說。

我莫名其妙，放下手上的公文袋，伸出雙手。

高海明把手放在身後，好像研究一件工具似地用目光研究我雙手。

「妳的手指很纖細。」他說。

「謝謝你。」

「妳可以幫我一個忙嗎？」他問我。

「當然可以，你要怎樣幫忙？」

他指著一粒精細的零件說：「請妳替我把這個零件黏在駕駛艙裡，我的手指不夠細，工具又不知道放在哪裡。」
原來如此。
「我不懂砌模型的，我怕弄得不好破壞你的模型。」我說。
「不要緊。」他沒有表情地說。
我唯有照他的吩咐去做，用小指拈起那一片不知是哪一部分的零件，戰戰兢兢地黏在駕駛艙內高海明指定的位置上。高海明一直謹慎地望著我，生怕我會出錯，我的手緊張得微微顫抖，幸而終於完成任務。
「是不是這樣？」我問他。
「對。謝謝妳。」高海明滿足地看著自己的模型。
「這架戰鬥機是什麼型號？」我大膽的問高海明。
也許是因為唸心理學的緣故，我對於這類好像患了自閉症的人很有興趣。
「F16。」高海明出奇地望著我，我不知道他是奇怪有一個人竟然逗他說話，還是奇怪有一個人竟然不知道那是一架 F16 戰機。
「你砌得很漂亮。」我稱讚他。

「謝謝妳。」他沒有望我。他好像比我更害羞。

這個時候，他的秘書走進來跟他說：「高先生，有兩位商業罪案調查科的探員想跟你談談。」

「請他們進來。」高海明似乎不太願意見這兩名探員。

「高先生，我告辭了。」我跟他說。

「妳知道『蜂舒適』和『愛寶寶』為什麼會被傳有蟲嗎？」高海明突然主動跟我說話。

「可能是對手傳出來的，也可能是被你們辭退而心懷怨恨的員工，也可能是你們家族的仇人吧。」我說。

他搖搖頭。

「那會是誰？」

「你沒想過會是我嗎？」高海明問我。

高海明說這句話時，神色既得意又曖昧，好像一個頑童做了一件令大人很頭痛的事，而又逍遙法外似的。

我很震撼。

兩名商業罪案調查科的探員進來，我離開高海明的辦公室。在路上，我一直反覆思量高海明的話，難道他說的是真話？根本沒有什麼商業戰爭或心懷怨恨的員工，散播謠言中傷「蜂舒適」和「愛寶寶」的，是高海明自己。

他為什麼要這樣做呢？

第一種解釋，是他不滿現實。雖然他擁有人人羨慕的條件——年輕、出眾、出身富裕家庭、畢業於外國名校，而且還是單身，但這一切對他而言，是一個囚牢，他並不想接掌父親的生意，然而，他又無法抗拒父命，於是在眼看旗下產品銷量不斷上升之際，他偏偏要散播謠言，說這些產品有蟲，令產品銷量大跌。產品銷量大跌不獨不會增加他的壓力，反而可以令他減壓。情況就像一個備受寵愛的孩子偏偏要做一件壞事來令父母傷心。

第二種解釋，是他喜歡控制大局。高海明活得太寂寞，太無聊了，於是他想出一個衛生棉和紙尿片有蟲的遊戲，看著其他人，包括公司高層、警方、傳媒和我，四處奔走來解決這件事情。我們就像他手上的棋子或模型，任他擺佈、指揮，竟然不知道這是他的惡作劇。在觀看這齣惡作劇的時候，他便彷彿升上上帝的寶座，在俯視世人，並嘲笑他們的愚昧。他控制了全局，他是最聰明的人。

還有第三種解釋，是他在戲弄我。散播衛生棉和紙尿片有蟲謠言的，根本就不是他，他只想看看我的反應。但他為什麼要戲弄我呢？

「愛寶寶」有蟲的謠言終於也平息了，樂濤度過了兩個危機。我第三次見到高海明，不是因為工作——

星期天，我和夢夢到旺角看電影，我們經過一間模型店，那裡擠滿了年輕男女，女孩子們乖乖地陪著男朋友選購模型。一個二十多歲的男人看著櫥窗內一輛鮮紅色的法拉利跑車模型，雙眼發光，好像他已經快要擁有這一輛跑車似的。

「不要看了，我累得要死！」夢夢催促我。

我們在模型店附近等候計程車，這個時候，我看到高海明拿著一隻大箱子走進模型店。

這天，他沒有穿西裝，只穿恤衫和牛仔褲，樣子看起來更年輕，他可能是來買模型的。

他把箱子打開，拿出一架戰機模型，正是那天我看見他砌的那架戰機；店主看過之後，付錢給他。為什麼店主會反過來付錢給他？

店主把戰機模型收好，放在櫃檯下面。高海明收到一疊鈔票，放在口袋裡，便離開模型店。我連忙拉著夢夢走開，不讓高海明看見我。

「妳認識他嗎？」夢夢問我。

「他就是那個衛生棉大王。」我說。

「我還以為衛生棉大王會是一個形容猥瑣的男人呢。」夢夢笑說。

我目睹高海明開日本小房車離開。以他的身家，即使要開法拉利，也是絕對開得起的。看來他是個頗低調的人，跟他的自閉性格一樣。

我拉著夢夢走入店裡，店主是個年輕小伙子。

「老闆，剛才那個把模型交給你的，是什麼人？」我問他。

「我只知道他姓高。」

「他為什麼把模型交給你？」

「他是代人砌模型的，這個模型是別人買下的，他砌好了，當然要交給我。」

我很震驚，衛生棉大王竟然代人砌模型？

「你知道他做什麼工作的嗎？」我問老闆。

「我不知道，也許是個普通白領吧，砌模型可以賺外快。」老闆說。

我覺得好笑，高海明還需要賺外快？

「他砌的模型是我見過砌得最好的。」老闆說。

「他沒有買模型自己砌嗎？」老闆搖搖頭。

這個高海明的行徑真是怪異。

我忽發奇想，問老闆，「我買一盒模型，可以指定由他砌嗎？」

「可以。」

我選了一艘戰艦。

「這個不行。」老闆說。

「為什麼？你說可以指定由他砌的。」

「他只砌戰機模型。」老闆說。

「只砌戰機模型?為什麼?」
「不知道,就是只砌戰機。」
「那就選一架戰機吧。」夢夢說。
「哪一架戰機最複雜?」
老闆在架上拿起一盒戰機模型說:「這個吧!這是F15,很複雜的。」
「就要這個吧。」我說。
「我付一半錢。」夢夢說,「他每個月也做我幾天生意,該為我服務一下。」
「好呀!」我笑說。
「什麼時候可以砌好?」我問他。
「妳們留下電話,他砌好了,我便通知妳們來取,時間沒有一定的,不過,他通常很快交貨。」
「你可不要告訴那個姓高的,這盒模型是有人指定由他砌的啊。」我提醒老闆。
老闆雖然一臉狐疑,還是點頭答應。

這個高海明上次戲弄我，說「蜂舒適」和「愛寶寶」有蟲的傳言是由他散播出去的，這一次輪到我戲弄他。

那天到樂濤開會，我故意經過高海明的辦公室，他果然聚精會神地砌著那架F15戰機。

「高先生。」我跟他打招呼。

他輕輕點頭。

「這一架戰機很複雜呀。」我說。

他點頭。

我心裡不知多涼快。

「再見。」我輕鬆地跟他說。

三個星期後，模型店老闆通知我，戰機模型已經砌好了。

「他砌得很好。」模型店老闆以讚歎的口吻跟我說，「這個人的確有點天分。」

戰機模型的確很漂亮，我看著戰機，想起我花了高海明三個星期時間和心血，心裡暗暗歡喜。

我把戰機模型捧回公司，放在辦公桌上。王真走過來問我：「是誰砌的？是妳男朋友？」

「不，我男朋友在英國唸書。」我告訴她。

「是嗎？」她好奇地問我。

「還有八個月便畢業。」

「妳提起他時，樣子甜絲絲的。」王真取笑我。

原來幸福是很難隱瞞的。

王真突然咳起來，咳得很厲害。

「妳沒事吧？」我拍拍她的背。

「沒事，我身體一向都很差。」她說。

「妳該調理一下身體。」

「我中西醫都看過了。」

「妳該去做一些運動，這是最好的藥。」我說。

方元看到戰機，也來問我：「是誰砌的？很漂亮。」

「不能告訴你。」我故作神秘。

方元這個人好奇心重，硬要問我是誰砌的，我只得撒謊，說是朋友砌的。方元若知道我這麼斗膽戲弄高海明，可能會把我辭退。

我萬萬料不到，有一天，高海明竟然在我的辦公室出現。那天下午，我正在自己的座位上埋頭工作，一個男人站在我跟前，很久也不走開，我好奇抬頭看看，竟然是高海明，他看著我的戰機模型，露出一副難以置信的表情。

「高先生。」我故作鎮定地稱呼他。

高海明跟我點頭招呼之後，便走進方元的辦公室。從方元辦公室出來的時候，他又站在我面前，他沉默了一會兒，終於開口問我：

「這個模型是妳的嗎？」

「對，是我的。」

我的心卜卜地跳，害怕他會發現真相，如果他知道我戲弄他，不知道會有什麼後果。

高海明端視戰機良久，似乎是要記憶一下這一架戰機是不是他的作品。

方元也走過來問：「什麼事？」

「沒什麼。」高海明說罷便跟方元道別。

「他為什麼會上來？」我問方元。

「他很滿意我們為他處裡『蜂舒適』和『愛寶寶』的工作，打算長期合作，妳的功勞很大。」方元說。

沒想到高海明在方元面前稱讚我，我覺得很內疚，要他用三個星期為我砌一架戰機。但這種內疚感很快就消失了，他不為我砌模型，也會為其他人砌模型。再想一想，我的擔心也是多餘的，即使他認出我的模型的確是他砌的，那又怎樣？這可能只是一個巧合，我到那間模型店買模型，並且找人代砌模型，而店主剛好就把這個模型交由他去砌。

我在高海明離開韻生之後兩小時，大概是晚上七時吧，也離開公司，走出大廈，我發現高海明正在大廈對面的便利店內看雜誌。他看到我，匆匆付錢買了一本雜誌便從便利店走出來。

「高先生，你還在這兒附近嗎？」我問他。

「妳的戰機模型在什麼地方買的？」

「你為什麼對我的模型那麼有興趣？」

「我剛剛去了那間模型店。」

他好像洞悉一切似的望著我。難道那個老闆告訴他是有人指定要他砌的？那個可惡的傢伙。

我裝著不太明白高海明說話的意思。

「妳就是買模型的兩位女孩子的其中之一吧？」

高海明臉上突然露出一副得意的神色，彷彿這計畫瞞不過他。

我完全無力招架，不知道怎樣辯護。

「我的車子就停在前面，妳有時間？」高海明問我。

我不明白他的意思，他是說有時間談談，還是有時間做些什麼呢？

他好像也說不出來。我和他在銅鑼灣鬧市中靜默了三分鐘，他終於再次開口說：「我們找個地方坐下來好嗎？」

坐下來幹什麼呢？他也沒有說清楚，但他的表情完全沒有惡意，我於是答應他。

高海明開的是那輛我在模型店外見過的日本小房車，開車的時候，他沒有說話，我看出他並沒有為被我戲弄的事不悅，這一點使我稍微寬心。

他把車停在灣仔一條小巷，帶我進去一間義大利餐廳。

「妳喜歡吃什麼？」高海明問我。

「我還是頭一次吃義大利菜。」

「那吃天使頭髮吧。」他推薦。

他也要了一客。

所謂天使頭髮其實是一種很細的義大利麵拌以少量龍蝦和醬汁。

「你喜歡吃這個嗎？」我問他。

「我喜歡它的名字，味道卻不怎樣。」他說。

「能夠單單為一個名字而吃一味菜，也挺浪漫。」我說。

「妳為什麼要指定由我替妳砌模型？」他盤問我。

「我沒有。」

「那天妳看到我砌模型，露出很得意的神色。」他很相信自己的判斷。

「是嗎？你為什麼要替人砌模型？」我反問他，「你實在用不著替人砌模型啊！」

「妳知道那些人為什麼要找人砌模型嗎？」高海明反問我。

「當然是他們自己不會砌模型，所以要找人砌啦。」

「找人砌模型的，通常是女孩子。她們買模型送給自己喜歡的男孩子，並且欺騙這些男孩子，模型是她們花了很多時間和心思砌的。」

「這些男孩子會相信嗎？」

高海明的模型砌得那麼好，根本不可能是那些女孩子砌的。

「說也奇怪，那些收到模型的男孩子都會相信是女孩子親手砌的。」高海明說，「因為那些男孩子收到模型戰機時，太感動了，不會去仔細研究，他們並且相信，女人會因為愛情的緣故，辦到一件她原本辦不到的事情。」

「你還沒有告訴我你為什麼要替人砌模型。即使喜歡砌模型，也不用替人砌呀。」

「到目前為止，我已經透過這間模型店，替人砌了三十三架戰機。」高海明神采飛揚地告訴我。

「那又怎樣？」

「那就是說，在這一刻，在三十三個不同的角落裡，都放著一架我砌的戰機。」

高海明說這句話時，眼睛閃爍著光彩，彷彿那三十三架戰機是他所生的孩子，而那三十三個不知名的角落，便是他給孩子的封邑。

「你的佔有慾真強。」我說。「你覺得自己好像一位駕駛戰機的機師，佔據了三十三個地方，對不對？」

至少我認為他有這一種心態。

「我沒有佔有慾。」高海明說。

我認為他在否認他的佔有慾，不好意思承認愛侵佔別人的生活和空間。

「不是佔有慾又是什麼？」我問他，「如果只想自己砌的戰機能夠放在別人家中，那跟設計電話的人有什麼分別？同一種款式的電話，可能在兩千多個，甚至兩萬多個角落出現呢。」

「電話機是集體生產，但每一架戰機都是我親手砌的。」高海明不滿意我將他的戰機比喻作電話機。

「那你就是承認你替人砌戰機是因為你的佔有慾啦。」我反駁他。

「不是。我甚至連那些人的名字和面貌都不知道，那些戰機在什麼地方我也不知道，除了一架——」他補充說，「有一架在妳那裡。」

「那是為什麼？」

「我說過，這些模型都是女孩子買來送給男孩子的，那就是說，到目前為止，有三十二架戰機，妳的那一架不算在內，三十二架戰機就是三十二段愛情，雖然我沒有成就了這三十二段愛情，但，我砌的戰機，必然在這三十二段愛情裡起了一定作用，在某一個時刻，感動了一方。」高海明幸福地說。

「那就更壞了，你佔有別人的愛情。」

高海明被我氣得臉都脹紅了說，「我沒有佔有別人的愛情。」

「你說過，這些模型都是女孩子買來送給男孩子的，而那些男孩子都以為模型是這些女孩子砌的。」

高海明點頭。

「那就是說，那些女孩子說謊，你就是幫助她們說謊的人，每一架戰機，都是一個謊言，那個男孩子將會被騙一輩子，那個女孩也會不時覺得內疚，只有你，是唯一的勝利者。」

高海明的臉脹得更紅。

「不過，任何一段愛情，都會有謊言，只是有些謊言是為了令對方快樂，有些謊言是為了欺騙對方，而送模型這一個謊言，是一個令對方快樂的謊言。」我希望這種解釋能令高海明臉上的紅霞稍稍褪去。

這幾句話彷彿有點效用，他臉上的紅霞漸漸褪到耳朵後面。

「對，就是這麼簡單。」高海明說，「我幫助女孩子完成令男孩子快樂的心願。」

我點頭同意，雖然實際上我並不同意。我仍然認為高海明是一個佔有慾很強的人，他為了那三十二架在不知名的角落裡的戰機而沾沾自喜，他會在未來砌更多戰機，去霸佔更多空間和愛情。也許連他自己也不知道這是出於佔有慾，他浪漫地以為自己扮演著別人的愛情裡的一個小角色，他是個充滿幻想的人。「衛生棉大王」這個名銜令他很尷尬，卻無法擺脫，於是他用砌戰機這個方法，使自己變得優雅一點。他製造的，不再是用完即棄的東西，而是天長地久的。他顯然沒有想到，一旦男孩跟女孩分手，那架戰機早晚會被遺忘或棄置。

「你為什麼只砌戰機模型？」我問他。

「妳不認為戰機的外型是最優美的嗎？」高海明反問我。

「喜歡戰機的人，心裡都有一股狂風暴雨。」我故意裝著看穿他的心事。

「是嗎？」他沒有承認。

「戰機是用來進攻的。」我說。

「妳唸的是心理學嗎？妳好像很會分析人。」

「不錯，我是唸心理學，不過學的都是皮毛，從人身上去觀察反而實際得多。你唸哪一科？」

高海明用叉捲起一撮天使頭髮說：「我唸化學。」

「又是整天躲在實驗室的那一種工作。」我說。

「不，唸化學是很浪漫的。」他說。

「是嗎？我還是頭一次聽到這種解釋。」

「在實驗室哩，顏色的變化是很奇妙的，紅色和黃色混在一起，在調色碟裡，可能是橙色，但在實驗室的試管裡，黃色加紅色可能變成藍色，而這一種明亮的藍色只存在於實驗室，在外面世界是找不到的。」

「試管裡的藍色難道會比天的藍色和海的藍色美麗嗎？」

「我說是不同的，因為實驗室的藍色在現世裡是找不到的。正如香水，也是從實驗室調校出來的，每一種香水的香味都不同。」

「那麼，化學最浪漫的事，便是可以製造香水。」

「不，化學最浪漫的事是所有物質都不會消失，而只會轉化。」

「人死了也不會消失？」我問他。

「對，屍體埋在泥土裡，可以化成養分，滋潤泥土，泥土又孕育生物。我和妳，是永遠不會消失的，只會轉化成另一種物質。」

「那可能會變成一片炭。」我失笑。

「對，或者是一粒灰塵。」

「那不是浪漫，是淒涼，我來生只是一片炭，而你是灰塵。」

「但我們不會消失。」他說。

「既然你那麼喜歡化學，為什麼會做現在的工作？」我問他。

「反正我唸哪一科，都是要繼承父業的。」高海明淡淡地說。

「你爸爸只有你一個兒子嗎？」

「我還有一個姐姐，她嫁人了，丈夫是會計師，她是一個幸福的女人。」

我聽到是會計師，很有興趣。

「是哪一間會計師樓？」

「馬曹。」

「你有砌戰機送給他們嗎？」

「我家人不知道我做這種事，他們知道了，一定認為我是怪人。」

「你倒也真是個怪人。」

飯後，高海明開車送我回家。

「謝謝妳今天晚上陪我吃飯。」他說。

「在今天以前，我還以為你有自閉症呢！你今天說了很多話，我學了很多化學知識，希望今天的你才是真正的你吧。」

他的臉又脹紅了。

「妳還沒有告訴我妳為什麼要指定由我砌戰機。」高海明問我。

「我沒有說過那架戰機是你砌的。」我說。

他不服氣，「妳為什麼要戲弄我？」

「我沒有戲弄你，是你戲弄我。」

「我戲弄妳？」他愕然。

「你說『蜂舒適』和『愛寶寶』有蝨的謠言是你傳出去的。」

「好，我們現在打成平手。」他說。

「你為什麼會看得出我的戰機是你砌的？」我問高海明。

「裁縫不會認不出自己的衣服，衣服上的一點兒瑕疵，只有他知道。」

「我的戰機有瑕疵？在哪裡？」

他沒有回答我。

「再見。」高海明開車離去。

我在公司裡仔細研究高海明的 F15，一點瑕疵也找不到，或許正如他自己所說，那一點瑕疵只有他自己知道。

「妳去拿了戰機沒有？」夢夢問我。

「拿了？不過那天高海明上來公司，讓他發現了。」

「那怎麼辦？」

「他請我吃飯，他這個人不錯。」

「妳已經有區曉覺了，妳不是想一腳踏兩船吧。」

「當然不是，妳喜歡高海明嗎？我可以做中間人。」

「我不需要免費衛生棉。」夢夢笑說。
「妳需要男人吧？」
「男人我有呀。」
「可惜妳變心也變得很快。」
「因為從沒有遇上一個值得我為他改變的人。」
「鐵漢呢？」
「他？」夢夢眼裡閃著光芒，「算了吧，他哪裡懂。」
「為什麼不向他說？」
「難道要我追求他？他早晚會在學堂找個女警，組成一個警察世家的。」
我大笑。
但夢夢對鐵漢是有幻想，她騙不了我。
這天下班前，我接到高海明的電話。
「妳今天晚上有空嗎？」他問我，「一起吃飯好不好？」

「好呀！反正我有一件事要告訴你。」我說。
「什麼事？」他問我。
「見面再說。」
高海明帶我到灣仔一間開在閣樓的酒家吃飯。
「這裡的鹹魚煲雞飯是全香港最好吃的。」高海明說。
「是嗎？」我看到他的樣子很期待似的。
「這裡是老字號，小時候我爸爸常帶我來吃。妳有什麼事情要告訴我？」
「關於那架模型戰機的瑕疵，我找到了。」我神氣地說。
他有點愕然。
「就在左邊的引擎裡。」我說。
高海明微笑：「妳是怎樣發現的？」
「我用放大鏡找的。」
「說謊。」他說，「那架戰機根本沒有瑕疵。」
我笑著說：「對。那架戰機根本沒有瑕疵，我說找到瑕疵只是要你承認你說謊。」

「妳很聰明。」高海明說。

「謝謝。」我洋洋得意地跟高海明說，「我和你不相伯仲罷了。」

「既然戰機沒有瑕疵，你怎麼會認得那架戰機是你砌的？這一次別再想騙我。」我警告他。

「感覺，就是憑感覺，當然，我看到妳的雙眼在逃避，我更加肯定戰機是我砌的，還有，那天妳在我辦公室看到我砌戰機，露出很得意神色，妳平常是不會的。」

原來我露出了馬腳。

那一碗鹹魚煲雞飯最後才上桌，侍應老遠從廚房捧出來時，已經香氣四溢。

「好香啊。」我說。

「味道更好呢。」

我吃了一口，我從來沒有吃過那麼好吃的鹹魚煲雞飯。

我連續吃了三碗飯。

「妳很能吃。」高海明嘆為觀止。

「謝謝你請我吃這麼美味的鹹魚煲雞飯。」

「妳喜歡的話，我可以時常請妳來，我的朋友不多。」

「好呀，如果時常有好東西吃，我不介意做你的朋友。」

高海明送我回家，目送他開車離去，我突然想做一件事——曉覺最喜歡吃鹹魚，如果他能夠吃到這個鹹魚煲雞飯就好了。為什麼不可以呢？我從家裡拿了一個暖飯壺，坐計程車回到酒家，請他們替我再煲一碗鹹魚煲雞飯。

「妳不是剛剛吃了嗎？」侍應覺得奇怪。

二十五分鐘後，飯煲好了，香得不得了，我把飯倒在暖壺裡，再坐計程車到土瓜灣的一間二十四小時快遞服務中心。

「我想快遞去英國布理斯托。」我跟那位左耳戴著耳環的男職員說。

「這是什麼？」他問我，他好像嗅到香味。

「吃的。」我說。

「小姐，吃的東西不能快遞。」他說，「況且妳要快遞到布里斯托，那是兩個工作天之後的事，送到已經不能吃了。」

我竟然不知道吃的東西不能快遞。

「你們應該有這種服務。」我跟戴耳環的男人說。

「妳是指快遞食物服務？」他問我。

「對，萬一有人吃到好東西，就可以立即快遞到另一個國家給他想念的人吃，這種服務不是很好嗎？」我抱著暖飯壺跟他說。

「我向公司反應一下。」戴耳環的男職員說。

聖誕節到了，我在百貨公司挑選聖誕禮物給曉覺。

離開百貨公司的時候，一輛簇新的淺藍色賓士房車在百貨公司外面停下來，走下車的正是高海明，他扶著一位女士下車，那位女士年約五十歲，身材瘦削，穿著整齊保守的套裝，臉上有一份很獨特的貴氣。

「邱小姐，是妳？」高海明跟我打招呼。

「想不到會在這裡碰到你。」我說。

「我陪我媽媽來買東西。」他說。「媽媽，我跟妳介紹，這是邱小姐，是我們雇用的公關公司的職員。」

「高伯母，妳好。」我跟高海明的媽媽握手。她臉上掛著慈祥的笑容，她的手雪白而纖細。

「妳好。」她客氣地說。

「改天再見。」我跟她和高海明說。

高海明小心翼翼扶著他媽媽進入百貨公司，看來他們母子的感情不錯。

下班的時候，我又看見那輛淺藍色的賓士房車停在大廈門外，高海明從車上走下來。

「你為什麼會在這裡？」我愕然。

「妳有空嗎？我想請妳吃飯。」

「你媽媽呢？」我問高海明。

「她回家了。」

「我自己那部車拿了去修理，抱歉要你坐這部車。」他說。

「一點也不抱歉呢。」我笑說。

高海明的司機把車駛到灣仔那家義大利餐廳。

「我們在這裡吃飯好嗎？」高海明問我。

他又叫了一客天使頭髮，我上次吃過了，覺得味道很淡，今次叫了雲吞。

「你媽媽很年輕。」我說。

「她今年六十一歲了。」

「是嗎？真的看不出來。」

「她比我爸爸年輕三十歲。」

「那你爸爸豈不是九十一歲？他差不多六十歲才生你？」

「是六十三歲，我今年二十八歲。」

「那麼你的樣子比真實年齡老得多了。」我取笑他。

「我媽媽是我爸爸的第三任太太。她二十八歲嫁給我爸爸。」

「你爸爸是不是很有吸引力？」

「他年輕時長得很帥，我見過他跟我媽媽結婚時的照片，他仍然很帥，風度翩翩。」

「你媽媽是給你爸爸的風度吸引著的吧？」

「她是為了錢才嫁給他。我媽媽是長女，家裡有十個兄弟姐妹。」

「嫁給自己不喜歡的人，是很痛苦的。」我說。

「不。我媽媽後來愛上我爸爸。」

「為什麼會這樣？」

「我媽媽以為我爸爸當時都六十歲了，頂多只有七十多歲的壽命，他死後，她就可以拿到遺產，然後找一個自己喜歡的人，誰知道我爸爸一直活到八十五歲，健康還是很好，我媽媽自己都五十三歲了，不可能再那麼容易找到自己喜歡的人。」

「但你剛才說你媽媽愛上你爸爸。」

「就在我爸爸八十五歲那一年，他突然中風，在醫院昏迷了兩天。我媽媽本來一直渴望他死的，在那一刻，她竟然不想他死，她祈求上天不要奪去他的性命，原來在二十五年朝夕相對的日子裡，她已經愛上我爸爸。」

「那你爸爸的病情怎樣？」
「他後來好轉了。」
「那不是很好嗎？」
「去年開始，我爸爸的身體越來越差，我媽媽很後悔沒有早點愛我爸爸，現在她想他活下去，他卻隨時會死。我媽媽經常說，這個故事是教訓我們如果你一直不愛一個人，就不要突然愛上他，因為當你愛上他，你就會失去他，這是上天對人的懲罰。」
晚飯後，高海明送我回家。
我突然想通了，叫住他。
「什麼事？」他回頭問我。
「我明白了。」
「明白什麼？」他不明白。
「明白你為什麼愛替別人砌模型飛機。」
「為什麼？」他自己倒是好像不明白。

「因為你媽媽生你的時候是不愛你爸爸的，你不是父母愛情結晶品，所以你替那些女孩子砌模型給她們的情人，霸佔別人的愛情，來填補自己的遺憾。」

高海明只是一笑。

平安夜這一天早上，我們在公司裡開聯歡派對。

高海明打電話來。

「妳好嗎？」他問我。

「不錯。」我說。

「只是想問候一下妳。」他靦腆地說，「下次再談，再見。」

「再見。」

我覺得他的語氣好像怪怪的，欲言又止。

十五分鐘後，電話響起，又是高海明打來的。

「我忘了告訴妳，我現在在日本。」他說。

「日本？」我嚇了一跳，沒想到他竟然打長途電話回來給我。

「是日本哪一個地方？」

「富士山，我到東京出差，辦完後來了這兒。」

「天氣好嗎？」我問他。

「天氣很冷，山頂積了很厚的雪，我現在就坐在酒店房間的窗前。」

「真是令人羨慕。」我說。

「是的。」我說。

「聖誕快樂。」他說。

「聖誕快樂。」

他打電話回來就是要跟我說聖誕快樂嗎？

「回來見。」他說。

除夕那一天，我接到高海明的電話。

「你回來啦？」我問他。

「妳有空嗎？我想請妳吃飯。」

「今天是除夕呀。」我說。

「妳約了人嗎？」

「沒有。」

夢夢和鐵漢都沒空。

「日本好玩嗎？」我問他。

「不是去玩的，是去談一些產品的代理權。」

「成功了沒有？」他點頭。

「恭喜你。」

高海明又去那家義大利餐廳，同樣叫一客天使頭髮。

「除夕晚，你不用陪陪女朋友嗎？」我問他。

他搖搖頭。

「你不可能沒有女朋友的。」我說。

「化學的目的主要是研究反應。反應一定要兩種物質相撞才會發生。不是任何物質都可以相撞而產生反應。這兩種物質必須配合，例如大家的位置、溫度、能量都配合，那才可以產生反應。」

「那只是你還未遇到這一種物質。」

他苦笑，從口袋拿出一份用花紙包裹著的小禮物來。

「我有一份禮物給你，是從日本帶回來的。」

我拆開紙花，是一罐小罐頭，輕飄飄的，罐裡裝著的不知是什麼東西。罐面有拉環，我想拉開它，高海明立即制止我，「不要！」

「只要拉開了，裡面的東西就會飄走。」

「裡面裝的是什麼東西？」我奇怪。

「是富士山的空氣，我帶了富士山的空氣給妳。」

「怪不得那麼輕，但，要是不准打開，我又怎麼可以嗅到富士山的空氣呢？」

「這裡人太多了，空氣很快就會飄走，妳回到家裡才打開吧。」

「謝謝你。」我把罐頭放在大衣的口袋裡。

「算是聖誕禮物。」他說，「補祝妳聖誕快樂。」

「謝謝，你有沒有收過最難忘的聖誕禮物？」我問他。

「是十歲那一天，爸媽帶我坐遊輪，在太平洋上過了一個聖誕節。妳呢？」

「小時候每年聖誕節我都放一隻聖誕襪在床尾，我以為聖誕老人晚上真的會悄悄地把聖誕禮物放在我的聖誕襪裡。」

「結果呢？」

「那些禮物是爸爸放進去的。」我失笑。

「我從沒試過把聖誕襪放在床尾。」

「我好喜歡的，懷著一個希望睡覺，多麼美好！第二天，又可以懷著一個希望醒來。」

「懷著一個希望醒來？」

「嗯。」我點頭。

高海明駕車載我離開，到了我家門外，高海明下車為我開門。

「已經過了十二點。」他說，「是新的一年了，新年快樂。」

「新年快樂。」我說。

他從口袋裡拿出一份用花紙包著的東西：「給妳的。」

我拆開來看，又是一罐富士山的空氣。

「怎麼會又是空氣？」我問他。

「我打算每天送一罐給妳，我總共買了三十三罐。三十三罐一齊打開，才可以充滿一個房間。」

他凝望著我，是那樣深情，我不知怎麼辦好。他突然抱著我，吻在我的唇上，我推開他。

「對不起，我沒有告訴你，我有男朋友，他在英國唸書，他還有幾個月就回來了。」我尷尬地說。

他臉上露出驚訝而又失望的表情。

「我沒有告訴你，是我不對——」

「不，是我不對，冒犯了妳，真的對不起。」他向我道歉。

「謝謝你的空氣，真的謝謝，再見。」我說。

他尷尬地離開。

我把兩罐富士山的空氣扔在書桌掉在抽屜裡。

一點多，我打長途電話給曉覺。

「新年快樂。」我說。

「新年快樂。」他正在睡覺。

我想告訴他高海明的事，我的心很亂，可是開不了口。

他聽見我沉默，問我：「什麼事？」

「沒事，跟你說聲新年快樂罷了。」

我依依不捨地掛斷。

如果他在身邊就好了。

我很天真，我以為高海明想跟我做朋友，他也許只是一個喜歡追求女孩子的花心大少罷了。

一月二日的早上，一名快遞員把第三罐富士山空氣送來公司。高海明仍然不肯放棄，他有時候很固執。

「這是什麼東西？」香玲玲和王真問我。

「不重要的。」我把罐頭掉在抽屜裡。

高海明仍然不斷地每天找人送來一罐空氣。當收到第十五罐空氣，我終於忍不住打電話給他說：「不要再送來了。」

他沒有理我，第十六罐空氣在第二天又送來，我將那些罐頭統統扔在抽屜裡。每天接收他的空氣，在這一個月來，已經成為我的習慣。

到第三十三天，我終於按捺不住打電話給他。

第二章——七十個夏天。

女人只要有一個男人就有安全感，男人要有很多女人才有安全感。

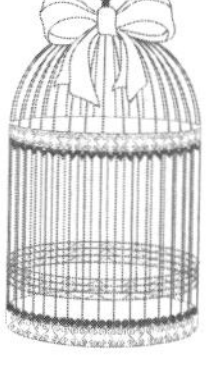

「是我，你不要再送空氣來了，我不會再接受，你很好，可是我們不可能，我心裡根本容不下另一個人，我們不是可以相撞的兩種物質。」我一口氣把話說完。

他沉默。

「你聽到嗎？」我不知道他是否在聽。

「嗯。」他應了我一聲。

我望著放在我面前的那一架他砌的 F15 戰機，本來想問他：

「我們還可以做朋友嗎？」

卻覺得自己很幼稚，終於沒有開口。

像他這種嬌生慣養的大少爺，大概不會肯再跟我做朋友了。

高海明果然沒有再送第三十三罐空氣來。

為了推廣他公司代理的一支新牌子洗髮水和護髮素，我必須到他的公司開會，幸而跟我開會的不是他，而是市場部的負責人，好幾次到他公司，經過他的辦公室，都看不到他，他好像是有意避開我似的。

這一天，在他公司的會議室開完會出來，經過他的辦公室，我終於看到他，一如往常，他低著頭砌模型。

「嗨。」我站在門外跟他打招呼。

他抬頭看到我，表情有點尷尬。

「這是哪一種型號的戰機？」我問他。

「這是 F18D。」他說。

「是你砌的第三十四架戰機。」我記得他上一次說，連我那一架在內，他總共砌了三十三架戰機。

「嗯。」他點頭，繼續砌他的戰機。

「不打擾你了。」我說。

「我是不是很執著？」他問我。

我搖頭：「唸科學的人都是很執著的，每一個科學理論日後都有可能給別人推翻，科學家都堅信自己的理論禁得起時間考驗，不會被推翻。」

「是的，兩樣物質不能相撞，只是時間問題。」

「再見。」我說。

轉身離開的時候，我突然明白他為什麼要送三十三罐空氣給我，因為他也砌了三十三架戰機模型，他說過，三十三架戰機在不同的角落，代表愛情。三十三罐空氣，是否也是這個意思？

我覺得自己很沒用，這是我第一份工作，我竟然跟第一個客戶發生這種事。

往後幾個月，高海明沒有再找過我。

「妳會不會去參加曉覺的畢業禮？」這一天，夢夢問我。

「機票這麼貴，不會了，況且畢業禮後第二天他就會回來。」我說。

想不到這麼快就三年了，還有四個月，曉覺便畢業。

「那真是可惜。」夢夢說，「不是聽說有些機票很便宜的嗎？」

我真的很渴望參加曉覺的大學畢業禮，這一天對他很重要。

我在旅行社買到一種往英國的機票，經杜拜轉機，比直航機票便宜很多。曉覺決定畢業禮後第二天就回來，我沒告訴他我會去英國，我想給他一個驚喜。

我拿了三天假期到英國，一心以為很順利，誰知道在杜拜轉機時，機場被封鎖，許多荷槍實彈的軍人進入機場。我聽廣播才知道伊斯蘭真主教宣稱在機場放了炸彈，所以軍方要把機場封鎖進行搜查，飛機班次被迫全部取消。

再多等一天，我就趕不及參加曉覺的畢業禮了。

在杜拜機場等了兩天，機場還未解封，根本就趕不及參加曉覺的畢業禮了，我在機場打電話給曉覺，這個時候不能不告訴他，電話打到他宿舍房間，一個女人接電話。

「他不在。」她用英語說。

她是誰？可能是他室友的女朋友吧。

我把我的情況告訴了她。

「我會告訴他的。」她說。

我孤零零地在杜拜過了兩天，我真的痛恨自己，為什麼要貪便宜買這種機票？現在是早上十時，曉覺已經穿起畢業袍坐在禮堂裡了。

機場終於解封，飛機到了希斯路機場，不見曉覺，我坐火車到布里斯托大學。

「他今早離開了。」他的室友說。

他的機票是今天走的，我以為他會等我，可能機票不能延期吧。

我在機場等候補機位回香港，已經等了一天，不知道要等到什麼時候。

我在機場洗手間裡終於忍不住哭，一個英國女人安慰我：

「妳沒事吧？」

我搖頭，其實我又累又餓，我沒想到自己竟然流落在希斯路機場。

我在機場打電話給曉覺，他真的回家了。

「妳在什麼地方？」他問我。

「在希斯路機場，正在等機位。」

「他們說接著的一個禮拜也沒有機位，所以我一定要回來。」他說。

「我知道。」我強忍著淚水，不想他掛心，「我很快會回來的了。」

第二天，終於等到機位。

到了香港，我直奔曉覺在北角的家，他正跟媽媽、三個姐姐、姐夫和兩個外甥一起吃飯，我還以為我們會在希斯路機場擁抱，想不到這麼糟。

三年不見，曉覺好像長高了，也許是消瘦了的緣故吧。

我原本想了很多話跟他說，在這麼多人面前，卻開不了口。

「坐下來吃飯吧，歡兒。」他媽媽跟我說。

「你學成歸來，一定要報答一個人。」他三姐說。

我微笑望著曉覺，只要他有成就，我怎麼辛苦都是值得的。

「那個人就是我，你的學費真的不便宜呀。」他三姐用筷子一邊撥我面前的一碟菜一邊說。

她竟敢抹煞了我的功勞！我不喜歡他三姊，她向來是個勢利的女人。

飯後，曉覺送我回家。

「你已經三年沒有陪我走過這條路了。」我牽著他的手說。

「謝謝妳這三年供我讀書。」他說。

「你不要這樣說——」我制止他。

「將來賺到錢，我會還給妳。」

「我不要你還。」我說。

他雙手放在我的胳膊上：

「我會給妳幸福。」

那一刻，我有苦盡甘來的感覺，差一點就要掉下眼淚了。

「你打算找什麼工作？」我問他。

「當然是進會計師樓實習，香港有幾家大會計師樓，我明天就開始寫求職信。」

「我在杜拜打電話給你時，為什麼有女孩子聽電話？」

「他是我室友的女朋友。」

我猜對了。

「我還以為是什麼人。」我說。

「妳不信我嗎？」

「怎麼會呢？除了你，我不知道該相信誰。」

「妳瘦了。」他摸著我的面頰說。

「不要緊。」我說。

差不多半個月了，曉覺還找不到工作。

「那天你不是去面試了嗎？」我問他。

「他們錄取我了。」

「那你為什麼不去上班？」

「那家會計樓規模太小了。」他說，「我想加入馬曹會計師樓，它是全行最大的華資會計師樓。」

「你有寫信去應徵嗎？」

「寫過了，沒有回音，這種華資公司，要有點人事關係才行的，我又沒有。」

第二天，我硬著頭皮打電話給高海明，我已經很久沒有見過他了。

「是我，邱歡兒。」我說。

「歡兒？」他的聲音有點雀躍。

「能不能請你幫一個忙？」

「什麼事？」

「你說過你姐夫是馬曹會計師樓的合夥人，能不能請你姐姐向你姐夫推薦一個人？」

「誰？」他問我。

「他的名字叫區曉覺，在英國布里斯托大學剛畢業，已經寫了應徵信，只是一直沒有回音。」

「好，我試試看。」

「謝謝你。」我說。

拒絕了他，然後又求他，我也不期望他真的會幫忙。

兩天之後，曉覺興高采烈地告訴我：

「馬曹會計師樓要我去面試。」

高海明幫了我忙。

曉覺當天就被通知錄取了。

「什麼時候上班？」我問他。

「下個月一號。」他說。

「那得要有幾套像樣的衣服才行。」我說。

「我哪來錢？連信用卡都沒有，穿舊衣服就行了。」

「怎麼可以呢？你不是說那是一間很大的會計師樓嗎，總要穿得體面一點。」

我陪曉覺去買西裝，他選了兩套，我替他付錢。

「妳哪來錢？」他問我。

「刷卡不就可以了嗎？不用立即還錢的。」

我把兩千元放在他的錢包裡，說：「你上班要用錢。」

幸好，他一開始拿的薪水就比我高。我已經債台高築了。

為了多謝高海明的幫忙，我準備送一份禮物給他。他那麼喜歡戰機模型，何不就送一盒模型給他？

我到旺角那間高海明代人砌模型的店，又看到那個老闆。

「又是妳！」他認得我，「又想找人砌模型嗎？」

「那個替人砌模型的人還有哪一種戰機沒砌過？」我問他。

「很多都砌過了。」

我在模型架前面瀏覽，發現一架樣子很有趣的模型戰機。

「這是什麼戰機？」我問老闆。

「EA-6A 野鼬鼠，不是很新的。」

「他砌過嗎？」

「好像還沒有。」

「我就要這一架，請替我包起來。」

「妳不是要找他砌嗎？」老闆問我。

「我拿走就可以了。」他有點莫名其妙。

「妳跟他認識的嗎？」他問我。

我微笑搖頭。

第二天，我專誠把禮物送去給高海明，他的秘書說他不在。

「可以替我把這個交給他嗎？」我問他的秘書。

「當然可以。」

第二天，在辦公室，我接到高海明的電話。

「謝謝妳的禮物。」他說。

「不，我謝謝你的幫忙才對。」

「妳有見過野鼬鼠嗎。」

「你是說戰機？」

「不，我是說野鼬鼠。」

「我沒有見過，那架戰機是根據野鼬鼠的外型來設計的，對不對？野鼬鼠大概就是那個模樣吧？」

「野鼬鼠遇到敵人，會從肛門射出奇臭無比的臭液，百發百中，被射中的人，即使在香草水裡泡上三天三夜，也只能勉強洗去臭味。」

「怪不得戰機名叫野鼬鼠。」我笑說。

「其實鼬鼠品性馴良，只是遇到攻擊，才會還擊。兩隻鼬鼠爭奪雌鼠時，也有一個君子協定，就是可以用掌互摑，用嘴互咬，但不會用臭液傷害對方。」

「牠們倒是很君子。」

我不知道高海明的意思是不是他會和曉覺來一次君子較量。他願意推薦曉覺，也是一種君子風度的表現。

「無論如何，謝謝你的幫忙。」我說。

「妳不需要跟我說多謝，永遠不需要。」他說，「即使妳不愛我，我也會一生保護妳。」

我無言。

有時候，我不敢相信，有一個男人會對我這樣好，也許，男人在得不到一個女人的時候都會說「我會永遠保護妳」、「妳永遠不需要對我說多謝」這一類深情款款的話，他們是故意為自己剖開一個傷口，但這種傷口很快就會癒合，他們會忘記對這個女人的承諾。

「曉覺，你會向我許下承諾嗎？」我問曉覺。

「什麼承諾？」他問我。

「我不知道。」我依偎著他。

「為什麼總是男人向女人許下承諾，而不是女人向男人許下承諾？」他問我。
「因為女人是世上最喜歡聽承諾的動物。你給我一個承諾好嗎？」
「我會愛妳七十個夏天。」曉覺說。
「為什麼是夏天？」
「因為現在是夏天。」
「除非世上再沒有夏天。」他信誓旦旦。
「曉覺，你變了。你從前是不會說甜言蜜語的。」
「是妳要我向妳說的。」他的樣子有點無辜。
但願我的感覺是錯的吧，我覺得曉覺跟三年前離開我的時候有點不同。我不知道這一種差異是由於我們有三年沒有見面，所以還需要一點時間去適應，還是其他原因。
「習慣這份工作嗎？」我問他。
「還不錯，不過那裡的人看來都很勢利。」
「每天面對數字，難免如此。」我安慰他。

「我還要應付考試。」他說。

「錢夠用嗎？」我問他。他點頭。

我在錢包掏出一千元給他：「我這裡還有。」

「不用了。」他說。

「你跟我不同，你是會計師，不能太寒磣呀，難道要帶飯盒回去吃嗎？」

「我拿了薪水會還給妳。」

「你還要跟我計較嗎？」

「妳不要怪我姐姐，她……」

「我沒有。」我說。

好不容易才熬到發薪水這一天，除去要還給夢夢媽媽的、給爸爸的家用和付清信用卡數，所餘無幾，幸好下午接到朱丹妮的電話，她是我的傳銷客戶，住在鰂魚涌，經常介紹其他顧客給我。她這個人很麻煩，如果不是看錢份上，我真的不喜歡跟她打交道。譬如這一天，她下午才打電話來，晚上就要我送貨給她。

「如果妳沒空，不用和我吃飯。」曉覺說。

「不，我八點半就可以走。」我說。

朱丹妮與三位太太在酒樓打麻將，我去到的時候，朱丹妮輸了很多錢。

「朱小姐，你的鑽石戒指好漂亮呀。」我看到她左手無名指換了一枚新的鑽石指環。

「今天剛買的，現在就輸錢。」她埋怨，「很想吃豬紅蘿蔔啊，這裡有沒有？」

「附近好像有一家，我去買。」我說。

「怎好意思呢！」朱丹妮說。

「不要緊，我自己也想吃。」我說。

我走到附近一個小吃攤買了一大盒豬紅蘿蔔，剛在這個時候碰見曉覺。

「妳拿著什麼東西？」他問我。

「我很快就來。」我說。

我匆匆走上酒樓，不小心讓蘿蔔汁濺在我的裙子上，真是倒楣。

「謝謝妳。」朱丹妮說。

「這一舖牌，怎麼樣？」我問朱丹妮。
「妳一跑開我便贏。」她老實不客氣地說。
「都是我不好。」
「多少錢？」
「噢，小意思」。
「我是說那些護膚品。」
「噢，這是單據。」我把單據交給她。
「哎，好痛。」她用手揉兩邊的肩膊。
「是這裡嗎？」我替她揉揉肩膊。
「對，很舒服。」
我本來只想替她揉兩下，這個時候也不好意思停手。
「謝謝妳。」朱丹妮給了我錢。
「那我先走啦。」我說。
從房間出來，曉覺正站在房間外。

「我們去哪裡吃飯？」我問他。
「隨便妳吧。」他說。
「再過兩年，我就不做傳銷商了。」我說。
我想，再過兩年，薪水好一點，曉覺也賺到錢，我才不要做這種奴婢。
「今天我發了薪水。」我告訴他。
「是嗎？」
他好像沒精打采。
他送我回家時，我問他：「今天是不是有什麼事情？」
「沒有。」他說。
他現在好像比以前多了很多心事。
接著的兩個多月，曉覺都說要加班，我們很少見面。
「今天晚上，我上你家吃飯好嗎？」那天，我在電話裡問他。
「嗯。」他說。
我在他家裡吃飯，他沒有回來吃飯。那天晚上，一直等到十二點，他才回來。

「妳還沒有走嗎？」他問我。

「很忙嗎？」我問他。

他點頭。

「那我回家了，你不用送我。」

「嗯。」他說。

沒想到他真的不準備送我。

「你最近是不是很忙？」我問他。

「嗯。」他閉上眼睛說。

「那你要小心身體，不要搞壞。」我為他蓋好被才離開。

剛離開曉覺的家，就接到夢夢的電話，反正我也很納悶，就約她在尖沙咀喝咖啡。

「我跟胡鐵漢做了那件事。」她說。

「做了什麼事？」我一頭霧水。

「就是那件事呀！」她向我擠眼。

「不是吧？你們什麼時候開始的？」

「就在妳去了英國那一次，我很悶，找他出來，余得人又沒空，只有我們兩個，我們談了很多，原來我們雖然認識了很久，卻一直不太了解對方。」

「你們那天晚上，就上床？」

「不是。」

「一天，我去警署接他下班，他竟然抱著一大束白色的薑花出來給我。哪有人會送薑花給女孩子？他就是這種人。」

「不如說妳早就暗戀他。」我說。

「我們就在薑花的香味中上床。」她一副很回味的樣子。

「幹嘛沒精打采的？」她問我。

「我覺得曉覺回來之後好像跟以前不同了。」

「他變心嗎？」

「他不會的。」

「我們都那麼年輕，怎麼期望永遠不變。」

「妳和鐵漢始終還是走在一起呀，青梅竹馬的感情是很牢固的。」我說。

「高海明還有找妳嗎？」

「沒有了。」

「唏，男人為什麼那麼喜歡女人的乳房？」夢夢突然問我，她根本沒聽我說話，她一直還想著鐵漢。

「我怎麼知道？我又不是男人。」我笑說。

「會不會是因為他自己沒有？」

「也許是他們缺乏安全感吧。」

「女人也缺乏安全感呀！」

「女人的乳房就是男人的肩膀。」我說。

「那種感覺好溫馨。」夢夢甜膩膩地說。

曉覺回來香港之後，我只跟他做過三次。

「別擔心，或許他長大了，每一個人都會長大，這是不能避免的。」夢夢說。

或許曉覺真的是長大了，我需要一點時間去理解這種長大。

「這個週末鐵漢就從警校畢業了，我訂了檯之飯，你們一定要來呀。」夢夢說。

「一定。」我說。

「我們要買什麼禮物給鐵漢？」我在電話裡問曉覺。

「妳決定吧，我這幾天沒有空。」他說。

「曉覺，我們之間沒什麼事情發生吧？」我按捺不住問他。

「有什麼事情？」他反問我。

「或許是我多疑吧，週末見。」

下班後，我在附近商場一間賣軍用品的店買了一只軍錶送給鐵漢。軍用店旁邊，有一間模型店，我在櫥窗裡看到一架已砌好的野鼬鼠戰機，高海明是不是已經砌好了他那一架？

週末晚，夢夢、鐵漢、余得人、我和曉覺在酒店池畔吃飯。

「是我和曉覺選的，喜歡嗎？」我把軍錶送給鐵漢。

「我喜歡。」夢夢從鐵漢手上搶過來，戴在手上，跟鐵漢說，「我們每人輪流戴一天。」

「切蛋糕吧！」余得人說，「是慶祝鐵漢正式成為警察的。」

鐵漢切蛋糕，我把蛋糕傳給曉覺，夢夢的手肘剛好撞了我一下，我不小心把蛋糕倒在曉覺的褲子上。

「Shit！妳真笨！」他一手撥開褲子上的蛋糕，狠狠地罵我。

他從來沒有試過這樣跟我說話，而且是在大庭廣眾，我尷尬得無地自容，為了面子，我強撐著跟他說：「你幹嘛發這麼大的脾氣？又不是什麼大不了的事情。」

「都是我不小心。」夢夢說。

他整晚不再說話。

那種氣氛，沉默得可怕，我們從來沒試過這樣。

「對不起。」回家的路上，我跟他說。

「妳不用跟我說對不起，是妳供我讀書的。」

「我從來沒想過拿這個來威脅你。」我解釋。

「也許我們分開得太久了，妳不覺得大家都跟以前不同了嗎？」他說。

「到底發生了什麼事？」我問他。

「沒什麼。」他說。

「你是不是愛上別人了？」我問他。

「我像嗎？」他反問我。

「你變了。」我說。

「妳也變了。」他說，「那天在酒樓見到妳那樣侍候人，妳不覺得自己這樣很低格嗎？」

我沒想到這句話會由他口中說出來，這一句話比起他剛才罵我笨更加難受。他是我的男朋友，怎可能這樣批評我？原來這件事情，他一直藏在心裡，現在才說出來。

「我也是為了錢。」我說。

「妳這三年來供我讀書的錢，我會還給妳。」他說。
「你這是什麼意思？」我問他，「我說為了錢，不是要你還錢。」
「那是我欠妳的。」
「曉覺，是什麼意思？」我忍不住落淚。
「或許我們的步伐不一致了。」他說。
「步伐不一致？」我不敢相信。
「這三年來，大家身處的環境都不同……」
「我們有通信呀！」
「我在英國吃的苦，妳知道多少？」他反問我，「冬天的時候，我住的那間屋暖氣壞了，我把帶去的衣服全穿在身上，仍然渾身發抖，整晚不能睡。妳知道我在結冰的地上滑倒了多少次嗎？」
我啞口無言，這三年來，我吃的苦，我以為他會知道，原來他一點也沒有想過我。我以為是我們一起捱，他卻以為是他一個人在捱。
「大家冷靜一下吧。」他說。

我在房間裡偷偷哭了一個晚上。

「什麼事？」睡在我旁邊的樂兒問我。

「沒事。」我說。

她背著我睡了。

十年了，我不相信曉覺會離開我，他不是那種人，他不會離開我的。

第二天回到辦公室，我提不起勁工作，方元興高采烈地告訴我，我替他買的那瓶八二年的 PETRUS 又升值了。

我站在洗手間的鏡子前面看著自己，我真的像曉覺所說那麼低格嗎？當我努力去掙錢時，我的樣子是不是難看得任何一個男人也不會愛上我？

王真從廁所裡出來，她穿著背心和短褲。本來瘦弱的她，兩條手臂變得十分結實，肩膊寬了，小腹不見了。

「妳……」我不知道她什麼時候變成這個樣子。

「我去健身呀，健身之後，身體好了，現在我簡直愛上了健身，我的教練是香港先生呢！」她對著鏡子顧盼自豪。

是的，什麼都會變。

「歡兒，妳怕不怕失去曉覺？」夢夢問我。

「怕，比死亡更害怕。」我說。

「他是妳第一個男人，大部分女人都不是跟第一個男人終老的，我要你記著，萬一妳失去他……」

「妳以為他會變嗎？」我制止她說下去。

「誰能保證自己不會變？他以前是從來不會像那天那樣對妳的。妳太愛他了，所以他才敢傷害妳。」

「他愛我的，只是我們分開了三年，需要一點時間調適。」

我不敢告訴夢夢，曉覺說我低格，對於一個女人來說，這兩個字比「我不愛妳」更刺痛人的心。我可以被任何一個男人批評我低格，可是不能夠是我自己的男人。

「有時候我很羨慕妳。」夢夢說。

「我有什麼值得羨慕？我還羨慕妳呢！」

「要很多很多愛，才可以這樣信任一個男人。」

「是的，他變了，我就一無所有，如果曉覺也變，我以後再也不愛任何一個男人了。」我說。

「我們好像盡說曉覺會變，不會變的呀！」夢夢拍拍我的手背，「還是趕快回家等他電話吧。」

我趕回家，等曉覺的電話。

「姐姐。」

樂兒拿著成績單給我看，她的成績糟透了，只有兩科及格。

「妳到底有沒有用心讀書？」我很生氣。

「我今天在街上碰到曉覺哥哥。」她說。

「妳別扯開話題。」

「他跟一個女人一起。」

「是同事吧，有什麼特別？」

「他們很親暱啊！」

我的心像給一把斧頭狠狠地劈了一下，他愛上別人了，他要離開，不是因為我低格，是他不再愛我。

低格只不過是一個藉口。

第二天下班後，我在他工作的會計師樓外面等他出來。他見到我，有點愕然。

「歡兒，妳在這裡幹什麼？」他問我。

「你是不是不會再找我了？」

「我只是希望大家都能冷靜一下。」

「你是不是有第三者？」我直截了當地問他。

「如果我們之間有問題，有沒有第三者也一樣有問題。」

「那到底有沒有？」我問他。

「沒有。」他斬釘截鐵地說。

會不會是樂兒撒謊？

「我真的不明白，我們等了三年，終於可以一起，為什麼會變成這樣？」我哀哀地問他。

「我知道妳這三年為我做了很多事，我不是一個忘恩負義的人。」

「你不必為了恩義而留在我身邊，我需要的不是這些。」

「我們大家冷靜一下好嗎？或許真是分開得太久了，需要一點時間適應。」

我奇怪他可以說得那麼冷靜，是不是在這一刻，我愛他遠多於他愛我？

晚上回到家裡，我正想責備樂兒，爸爸在屋裡發愁。

「樂兒到現在還沒有回來。」他說。

我看看手錶，是晚上十二點鐘，樂兒從沒試過那麼晚還不回家。

我檢查樂兒的抽屜，發現她拿走了身分證和一些衣物，我放在抽屜裡的八百元也不見了。

「我們去報警吧，她離家出走。」

離開警署，已經兩點多了，又不敢吵醒曉覺，這時我才想起鐵漢。

「雖然不是我這區，下班後我也可以幫忙去找妳妹妹的。」鐵漢說，「也許她只是出去玩幾天，不要太擔心。」

第二天，我告訴曉覺妹妹失蹤。

「我今天不上班，我會四處找找。」我說。

「人海茫茫，到哪裡找？」他說，「我今天不能請假。」

我和爸爸在樂兒平時喜歡去的地方找她，找了一整天，也找不到她。

第三天，人口失蹤組的探員來錄口供。

「妳妹妹平常還跟哪些人來往？」探員問我。

我忍不住伏在桌上嗚咽。

鐵漢那邊也沒有消息，我每天留意報紙，看到有屍體發現的新聞，便害怕得很，擔心會是樂兒。

兩個禮拜了，樂兒一點消息都沒有，爸和我仍要照常上班，家裡少了一個人，變得很冷清。爸爸天天晚上都喝酒。

「我是不是一個不合格的爸爸？」他問我。

「我們都不了解她。」我說。
樂兒的性格不像我和爸爸，她說話少，不擅與人溝通。
這一天，我到高海明的公司開會，在電梯裡碰到了他。
「妳的臉色很差。」他說。
「近來家裡有點事。」我說。
「什麼事？」
「我妹妹失蹤了，是離家出走。」
「妳妹妹有多大？」
「十三歲。」
「那麼小？」
「已經報案了，差不多一個月，還是找不到。」
「妳有沒有她的照片，我替妳留意。」
我在錢包裡找到一張我和樂兒的照片。

「只有這一張。」我說。

他接過照片說：「我留著這個。」

我每天中午和下班後也在街上蹓躂，希望有一天會在街上碰到樂兒。走在街上，我第一次體會到什麼叫做人海茫茫。

這一天，走得累了，我打了一通電話給曉覺。

「我很想見你，可以嗎？」我哽咽。

「妳別哭，你在哪裡？」他問我。

我們在銅鑼灣一間餐廳見面。

「我妹妹失蹤了，你知道嗎？」我問他。

「我怎麼會不知道？」

「可是你看來一點也不緊張，你連陪我去找她的時間都沒有。」我怨他。

「妳叫我到哪裡找？胡鐵漢都找不到，難道我有辦法嗎？我每天晚上十點才下班，我也要工作的，又要考試，妳是知道的。」

「算了吧。」我說，「你一點也不關心我。」

「妳想我怎樣？」

「兩個人一起到底是為了什麼？在我需要你的時候，你並不在我身邊。」

「妳不要無理取鬧好不好？妳叫我到哪裡找妳妹妹？」

曾幾何時，我在曉覺眼裡看到愛和溫柔，但這一刻，我在他眼裡再看不到這份感情，只看到他瞳孔裡的一個沮喪的我的倒影。我有點手足無措，什麼時候，他不再愛我？

「你是不是有第三者？」我問他。

這一次，他沒有回答我。

我心碎。

「開始了多久？」我的聲音抖顫。

「即使有第三者，也和我們之間的事情沒有關係。」

「你忘了你說過的話嗎？你說，除非世上沒有夏天——」我哀哀地問他。

他沉默。

「你說話呀！」

「為什麼妳對每一件事情都要尋根究柢？」他反問我。

「除非世上沒有夏天——」我淒然重複一次。

這一句話，是他不久之前說的，歷歷在目。

「當時是這樣想——」他說。

「當時？」我失笑，「你到底有沒有愛過我？」

他點頭。

我突然覺得自己很笨，他的話，我一句也聽不進去，我只想他幫我來欺騙我自己。我竟然不敢問他：「你現在愛不愛我？」

「找到妳妹妹再說吧。」他說。

「找到妳妹妹沒有？」余得人打電話來問我。

「還沒有。」我說。

「我明天陪妳去找好不好？」

「好，明天見。」

第二天下班後，余得人開車來接我。

「你從哪裡弄來一輛車？」我問他。

「問朋友借的，有車方便一點。」

「謝謝你。」

「妳消瘦了很多。」

「是嗎？」

余得人駕著車從香港駛到西貢。

「那邊就是大浪灣，還記得我們在大浪灣住過一晚嗎？那間鬼屋真恐怖。」余得人說。

我怎會不記得？如果我們沒有長大，曉覺是不是會一直留在我身邊？

「妳跟曉覺怎樣了？」余得人問我。

「他要分手——」我難過地說。

「他怎可以這樣？」

「不要再說了。」我制止他說下去。

我們又從西貢走到尖沙咀，我望著街上每一個走過的女孩子，見不到樂兒。

「不要再找了，找不到的了，回家吧。」我說。

我累得在椅上睡著了。

「到了。」余得人輕聲說。

「嗯。」我張開眼睛，發覺余得人握著我的手。

「你幹什麼？」我縮開。

他滿面通紅，向我解釋：「我一直也很喜歡妳。」

「我會告訴曉覺的。」我憤怒地解下安全帶下車。

「歡兒——」余得人追上來。

「我想不到你是這種人。」我罵他。

「難道我沒有資格喜歡妳嗎？」他反問我。

「對，你沒資格。」我說。

「為什麼？」

我答不出來。

「妳一直也看不起我。」余得人說。

他說得對，我心裡根本看不起他，從來沒有想過他和我的可能性。

「根本妳覺得我很低格，對不對？」他沮喪地說。

低格？這不正是曉覺對我的批評嗎？原來我和余得人是同一類人。不被人愛的人，都變得低格。

「根本我和你一樣低格。」我含淚說。

「對不起。」余得人慚愧地說。

我揚揚手說：「不要告訴曉覺。」

剛回到家裡，我接到高海明的傳呼。

「我找到妳妹妹了。」他在電話裡說。

「真的？她在哪裡？」

「在花墟一間花店裡工作，現在已經下班了，天亮才可以找到她，明天我陪妳去。」

樂兒為什麼會躲在花店裡？

凌晨五點鐘，高海明開車來接我去花墟，我果然看到樂兒在一家花店裡面搬貨，她把長頭髮剪短了，看來比實際年紀大一點。

「樂兒——」我叫她。

她看到我，一點也不愕然，她就是這樣一個人，有時候，臉上連一點表情也沒有。

「為什麼要離家出走？」我問她。

「不喜歡唸書。」她說。

我本來想好了很多話罵她，但這一刻，我竟然伸手去摸她的頭。

「回家吧。」我跟她說。

爸爸見到了樂兒，開心得不得了。

為了答謝高海明，我在他最喜歡的灣仔那家義大利餐廳請他去吃飯。

「謝謝你。」我說，「你是怎樣找到她的？」

「我拿著照片到處找，也請私家偵探幫忙，昨天，想不到竟然讓我在花墟看到她，我也不太肯定是不是她，照片中的她還很小。」

「那是兩年前拍的。」

「出走期間，她住在什麼地方？」

「她膽子很大呀，睡公園啦，睡賓館啦。」

「你為什麼會想到她在花墟？」

「我也曾經離家出走。」高海明說。

「是嗎？」

「到工廠裡做工，兩個禮拜後就給媽媽僱用的私家偵探找到了，我離家的第一天，就去花墟，我把身上一半的錢買了好多雛菊。」

「用一半身家買雛菊？」

「我喜歡。」他說。

「為什麼要出走？」我問他。

「也許是太悶了，那兩個禮拜，其實過得很開心。到了現在，萬一工作不如意，我也想出走，可是，再沒有勇氣。」

「我從來沒有這個勇氣。」

「妳比較幸福。」他說。

「幸福？」

「妳無須逃避現實。」

「我認為你和我妹妹比較幸福，不喜歡就可以走。」

「妳妹妹以後打算怎樣？」

「爸爸害怕她會再出走，不敢逼她繼續唸書。」

「有沒有想過讓她出國？也許香港的讀書環境並不適合她。」

「我哪有本事供她？」

「她有興趣去日本嗎？我有一個日本朋友，可以幫得上忙的。先讓妳妹妹去日本學習語言，住在我朋友家裡，他和太太會照顧她的，生活費不成問題，他們以前也幫忙一些留學生。」

「學費也要錢呀。」

「和生活費相比，學費就很便宜了，我可以幫忙。」

「不可以要你幫忙的。」

我不想再欠高海明。

「妳何不問問妳妹妹的想法？給她一個機會吧。」

回家路上，我想，我肯供曉覺出國，卻不肯幫自己的妹妹，似乎太過分了。

「樂兒，妳想去日本唸書嗎？」我試探她的口氣。

「真的可以去嗎？」她雀躍地問我。

高海明說得對，我該給她一條出路。

這一天下班後，我走上曉覺的家，家裡只有他媽媽一個人。

「歡兒，很久不見妳了。」他媽媽說。

「近來工作比較忙。」我說。

「曉覺會回來吃飯的。」

「嗯。」

我走進曉覺的睡房，案頭上放著一本日記，我內心掙扎著要不要偷看。

我翻開十一月十日那一頁，上面寫著：

「和她做愛，她問我什麼時候離開邱歡兒，我說我已經跟她說了，我不能立即判她死刑，只能讓她慢慢接受現實。」

跟她做愛？他跟另一個女人做愛？她是誰？他上個禮拜跟另一個女人做愛？

「你回來啦。」我聽到他媽媽說。

我從他房間走出來。

「妳為什麼會在這裡？」他愕然。

「我來告訴你我妹妹找到了。」我強忍著內心的激動說。

「是在哪裡找到的？」

「她在一間花店做臨時工。」

「嗯。」他坐下來脫鞋。

我望著曉覺，我難以相信他背著我跟另一個女人睡覺，只要想到他騎在另一個女人身上，我便無法控制我自己。

「我要供我妹妹去日本讀書，我替你付了三年學費，請你盡快還給我。」說這句話時，我的聲音在顫抖。

他的表情很愕然。

我奪門而去。

我在電梯裡痛哭，我很後悔，我為什麼要偷看他的日記？我不偷看，我永遠不知道他和另一個女人上床。我看到了，卻是永遠抹不去。

我在電話亭打電話給高海明，這麼晚了，不知道他還在不在辦公室，我只想找一個男人。

「喂——」他拿起電話。

「是我，邱歡兒——」我哽咽。

「妳沒事吧？」

「有空嗎？」我問他。

「妳在哪裡？」

二十分鐘後，高海明開車來接我。

「妳要去哪裡？」他問我。

「去大浪灣好嗎？」

「大浪灣？我要看看地圖。」他拿出一本地圖集來看。

他把車駛到大浪灣，沙灘上有一間露天餐廳，我們在那裡坐下。

多少年了，我還是頭一次再到大浪灣，但曉覺已經不在我身邊了。

「這裡的風很大。」高海明把外套披在我身上。

「謝謝你。」

「妳妹妹的事怎麼樣？」

「她很想去日本。」

「那我替她安排。」

我喝光了一瓶酒，一點醉意也沒有。

「妳酒量很好。」高海明說。

「我爸爸是賣酒的。」

高海明再叫了一瓶酒，我骨碌骨碌地把酒喝光，這一次，真的醉了。

我站起來。

「妳去哪裡？」他問我。

我打電話給曉覺。

「是我——」我說，「對不起，錢，你不用還我。」

「不，我會盡量想辦法的。」他冷冷地說。

「你是不是很恨我？」

我竟然反過來問他是不是恨我。

「早知道我就不會用妳的錢，我會分期還給妳的。」

「我不要你還錢！」我歇斯底里，「你以為我供你讀書是想你還錢給我嗎？

我要的不是錢，我們不是曾經一起計畫將來的嗎？」

「情況不同了。」

「你學成歸來，情況就不同啦？」我冷笑。

「妳也不過是投資在我身上罷了。」

「投資？」

「是有條件的，就是要我跟妳一起。」

「你說我是投資？」

「如果是愛，不會要求回報。」

「你是這樣想？」

「妳也不過是想嫁給一個會計師罷了，對不對？」

他竟然這樣想。

「女人供一個男人讀書，就是投資自己的將來，妳不要把自己說得太偉大。」

沒想到他這麼無情。

「你是為了那個女人跟我分手嗎？她到底是誰？是不是在你房間裡接電話的那個女人？你不是說她是你室友的女朋友嗎？你和她已經上床了，對不對？」

「妳為什麼偷看我的日記？」他勃然大怒。

「她有什麼比我好？是不是她比我高尚？」

「妳不該偷看我的日記。」

「求求你，不要離開我。」我嗚咽。

「妳都知道了，為什麼還要勉強下去？」

「你跟她開始了多久？」

他沒有答我。

「我在大浪西灣，我們開始的地方，沙灘上有一間餐廳，你來這裡找我好嗎？我等你。」我掛斷電話，回到座位，我不敢聽到他說「不」。

「你為什麼不問我今天為什麼找你？」我問高海明。

「我是代替品，對不對？」

「對不起。」我由衷地說。

「沒關係。」

「我是不是很低格？」

「誰說的？」

「你不覺得嗎？」

他搖頭。

「也許你看不到我低格的時候。」我苦笑。

「要回去嗎？」

我搖頭，我在等曉覺。

風越來越冷，我看著高海明在風中發抖，曉覺還沒有來，也許他找不到。

「你不用陪我等。」我說。

「妳要等誰？」他問我。

「我不知道他會不會來。」我望著天邊說。

那個本來和我很近的男人，現在卻和我很遠了。

我在椅子上睡著了，睜開眼睛，已是凌晨五點鐘，只有高海明在我身邊。

「妳醒來啦？」他問我。

「你一直醒著。」

「我不想睡，我從沒試過可以留在妳身邊這麼久——」

我突然好想吻他，不，也許我不是想吻他，只是想取暖罷了。

「走吧！」我站起來說。

兩天之後，我收到曉覺寄來的支票，面額五千元，上面寫著是第一期的還款。

我拿著支票在辦公室樓下等他，等他的時候，一個年輕女孩子坐在一輛鮮黃色小房車上看雜誌。那個女人好像也在等人，我突然有一種感覺，她和我要等的，是同一個人。她長得很美，塗著鮮紅色的口紅，使她在人來人往的路上顯得很突出，這樣一個女孩子，應該是等男人的。

晚上六點鐘，曉覺出來了，他看不到我，直接走上那輛黃色小房車，那個女人和我，果然是等同一個人。

我走上前，敲車窗。

「曉覺——」我叫他。

他嚇一跳，問我：「妳在這裡幹什麼？」

「這個你不用還我。」我把支票退給他。

「是妳要我還的。」他說。

「你知道我不是這個意思。」

「是什麼意思也好。」他冷冷地說。

「她是什麼人？」我問曉覺。

車上那個女人一直望著窗外，沒有望我。

「是我朋友。」他說。

我打開車門上車。

「妳幹什麼？」曉覺問我。

「你就是因為這個原因離開我嗎？」我反問他。

「我是不是需要下車？」那個女孩子問曉覺和我。

「不用。」曉覺說。

「好的。」我說。

那個女孩子開門下車，身體倚著車邊繼續看她的雜誌。

「這是別人的車，妳搞什麼鬼？」曉覺問。

「她是什麼人？」我問曉覺，「原來不是因為我低格。」

「妳不要令我這麼難堪好不好？」他說。

「是我令你難堪還是你令我難堪？」

「有什麼事遲些再說好嗎？」他求我。

一名交通警員上來準備開單。

「妳下車吧。」曉覺叫我。

我推開車門，那個女人被我推開了。

「對不起。」我跟她說。

我衝上一輛計程車，目送那個女人開車與曉覺離去。

她的名字叫程疊恩，她的信件上是這樣寫的，剛才車廂後面放著一疊信件，下車的時候，我像竊賊一樣，拿走了屬於她的信。其中一封，是電話費單，上面有她的地址和電話號碼，她住在渣甸山。

其餘幾封信，我沒有拆開，我覺得自己真的很低格，竟然偷別人的信。

我掙扎了一整天，到了第二天傍晚，終於提起勇氣打電話給程疊恩。

「找誰？」是她的聲音。

我的手不停顫抖。

「我找程疊恩。」我說。

「我是。」她說。

我聽到她的聲音，嚇得掛斷電話。我有膽偷了她的信，卻沒有膽子跟她說話。

第二天晚上，夢夢陪我吃晚飯。

「妳把電話給我，我替妳打給她。」她說。

「跟她說什麼？」我茫然。

「把妳和曉覺的關係告訴她。」

夢夢用無線電話打給程疊恩，電話打通了，夢夢把電話交給我，我的手又在顫抖。

「找誰？」是她的聲音。

「程疊恩。」我說。

「我是——」她說。

「我是區曉覺的女朋友——」我說。

「噢，就是那天在車上的那一個嗎？妳為什麼會知道我的電話號碼？」

「是曉覺給我的。」我撒謊。

「找我有什麼事？」她問我。

「我們已經在電話裡交談過的，對嗎。」我說，「當時我在希斯路機場，你在曉覺房間，你就是接電話說他走了的那個人，對嗎？」

她沒有否認。

「開始了多久？」

「我沒有必要向妳交代。」她說。

「對，開始了多久也不要緊，反正你們已經上過床。」

「他告訴妳的嗎？」

「妳叫曉覺回來我身邊好嗎？」我哀求她。

「他要回來的話，自己會回來。」她冷冷地說。

我強忍著淚水，不在她跟前哭。

「我跟曉覺已經一起很久了。」我說。

「時間並沒有意義。有時候，妳也只能夠放棄。」她說。

我用手掩著嘴巴痛哭。

夢夢把電話搶過去，跟程疊恩說：

「妳知道是她供曉覺唸大學的嗎？」

「不要告訴她，我不要她可憐我！」我制止夢夢說下去。

夢夢掛了線。

「妳為什麼要求她？」夢夢問我。

「我不能沒有曉覺。」

「他太過分了，妳供他讀書，他一直瞞著妳在那邊交女朋友。」

「他會回心轉意的。」

「妳憑什麼這樣相信？」

「我相信。」我肯定地說。

我真的相信嗎？

我不相信一段十年的感情就這樣完了。

樂兒到日本留學的手續辦好了，這幾天就要出發。

高海明來找我吃午飯，跟我說：

「這幾天我也會去日本，我可以安排和妳妹妹同一班機過去。妳會一起去嗎？」我搖頭。

「妳的精神很差，還沒有跟男朋友和好如初嗎？」

「你有沒有愛過人？」我問他。

高海明垂首苦笑。

「有沒有？」我問他。

「愛人是很卑微，很卑微的，如果對方不愛你的話。」

是的，我覺得自己很卑微。

「愛情本來就是含笑飲毒酒。」他說。

「是的，不是喜酒，就是毒酒。」我說。

樂兒終於起程去日本，是跟高海明同一班機去的。

「妳要照顧自己。」我吩咐樂兒。

「曉覺哥哥是不是有別的女人？」樂兒悄悄問我。

我摟著樂兒痛哭。

爸爸勸我：「不要這麼傷心，有空可以到日本探望她，日本又不是很遠的地方。」

我不是為樂兒哭，我是為曉覺哭。

抹乾眼淚，我發現高海明在旁邊看著我，我騙不了他，他知道我為什麼哭。

「謝謝你為我妹妹做的事。」我跟高海明說。

「妳在想，如果能愛我就好了嗎？」他問我。

我無言。

「我也這樣想。」他說。

「可是，我沒能力。」我淒然說。

「野鼬鼠遇到敵人時，會發出臭液，目的是保護自己，在適當的時候，妳也要保護自己。」高海明入閘前跟我說。

傍晚，我回到家，收拾了幾件衣服，跟爸爸說：

「我要走開幾天。」

「妳要去哪裡？」他問我。
「我會打電話回來的。」
「又輪到妳離家出走？」
「我不是離家出走，我辦完事會回來的。」
「妳小心點。」他說。
「爸爸，男人為什麼會同時愛上兩個女人？」我問他。
「是他們沒有安全感。」他說。
「難道女人就有嗎？」
「女人只要有一個男人就有安全感，男人要有很多女人才有安全感。」
「我知道了。」
我來到曉覺的家，他媽媽幫我開門。
「咦，歡兒，是妳？」
「伯母，曉覺回來了沒有？」
「他打過電話回來，說晚一點回來，妳隨便坐。」

「謝謝妳。」我走進曉覺睡房。

他已經收起了那本日記，大概是害怕我再偷看，桌上有一個抽屜上鎖了，我打不開，曉覺的日記在裡面。

夜深，屋裡一片死寂，我獨坐窗前，用我的方法，挽回一段逝去的愛情。

外面忽然下著傾盆大雨，雨點打進來，我起來關窗。

我聽到有人開門的聲音，我連忙梳好頭髮，對鏡子檢視自己的化妝。

曉覺回來了。

「妳為什麼在這裡？」他問我。

「關於分手的事，可不可以冷靜一下？」我說。

「妳為什麼打電話給她？」

「或者因為無助吧。」我說。

曉覺坐在床邊，垂下頭。

我把他給我那張五千元支票在他面前撕掉。

「我送妳回去。」他說。

「我不回去。」我說。

「妳要去哪裡？」

「留在這裡。」

「留在這裡？」

我點頭。

「妳喜歡怎樣便怎樣。」

他躺在床上睡覺。

我睡在客廳的沙發上，雨一夜未停。

第二天醒來，曉覺的媽媽坐在我面前。

「早，伯母。」

「早，妳在這裡睡？」

「嗯。」我說。

她沒有追問，她對我不特別好，也不特別壞，她是個感情並不豐富的人，他們一家人都是這樣。

我在洗手間裡梳洗，換好衣服，曉覺也起床了。
「早。」我跟他說。
「早。」他說，「我上班了。」
「等我一下。」我走到廚房。
「伯母，有多一套鑰匙嗎？」我問她。
「有的。」
她在櫥櫃底下拿了一串鑰匙給我。
「謝謝妳。」
我和曉覺一起走路到地鐵站。
「妳沒事吧？」他溫柔地握著我的手。
我想哭。
我不能哭，我要把他從那個女人手上搶回來。
到了金鐘站，我依依不捨地放開曉覺的手。
我走出月台，跟他揮手說再見，他被擠進車廂的人逼到車廂中間，我看不見他了。

「妳昨天到哪裡去了？」夢夢打電話來辦公室給我。

「在曉覺家裡。」我說。

「你們和好了？」

「還不算——」

「什麼意思？」

「我想留在他身邊，暫時我會住在他家裡。」

「是他叫妳去的嗎？」

「不是。」

「是妳自己去的？妳為什麼要這樣做。」

「我不想失去他。」

「不想失去他，就應該要放手。」

「我有我的辦法。」我說。

「妳是不是瘋了？」

我是不是瘋了？也許是吧。下班後我又回到曉覺家。他今天握著我的手證明他對我還是有感情的。

曉覺下班後回來吃晚飯。

「妳還在這裡嗎？」他有點意外。

我們三個人低著頭默默吃飯。

他媽媽很早便上床，我和曉覺坐在客廳裡。

「妳為什麼還不回去？」他問我。

「我害怕我走了，你不再找我。」

他好像很生氣的樣子，原來他今天早上對我這樣溫柔，是想我回家。

「我有什麼不好？你告訴我，我可以改的。」我說。

「妳改不來的。」

「你說吧，我可以的。」

「妳回家吧。」

我垂頭不語。

「我早說妳改不來。」他說。

「我不管你和她的事，我們可以從頭來過嗎？」

曉覺把頭埋在雙手裡，抬頭再跟我說：

「妳到底明不明白，我們之間已經沒有了那種感覺。」

「你十四歲那一年的溫柔和熱情去了哪裡？」我淒然問他，「你還記得我們睡在棺材下面談了一個晚上嗎？」

「那是從前的事——」

「是我生命裡最重要的一段記憶。」我蹲在他跟前，伏在他膝蓋上，含淚說，「不要離開我，我已經連一點尊嚴也沒有了。」

「隨便妳，妳想留下就留下吧。」

可以留下，就有希望。

深夜，電話響起，我拿起聽筒。

「區曉覺在嗎？」

我認得是程疊恩的聲音。

「妳是誰，他睡了，有什麼話可以留下，我替妳告訴他。」我說。

她有些猶豫。

我想她也該聽得出我的聲音。

「那沒事了。」她說。

我把曉覺的傳呼機關掉，她可能會傳呼他的。

曉覺是我的，我睡在他身旁，抱著他的腰，腿勾著他的腿，他是我的。

「邱歡兒，妳近來恍恍惚惚的，沒事吧？」方元問我。

「沒事。」我說。

「妳的工作表現比不上以前。」他嚴肅地說。

「對不起，我會努力的。」我說。

「那就好了，是不是被情所困？」

我苦笑搖頭。

「妳知道對付情變最好的方法是什麼嗎？」方元問我。

我搖搖頭，對於情變，我根本一點經驗也沒有。

「唯一的方法是忘記。」

「忘記？說得太容易了，我認為是爭取。」

「如果人家要忘記，你又能爭取到些什麼呢？首先說『不』的那個人，永遠佔上風。」

或許方元說得對，首先說「不」的，永遠佔上風，但我認為可以反敗為勝。

這一天，曉覺比我早回家。

「昨天晚上，是不是有人找過我？」他問我。

我不作聲。

「妳為什麼不叫我聽電話？」他質問我。

「你睡了。」

「是妳關掉我的傳呼機嗎？」

我不作聲。

「妳到底想怎樣？」他問我。

我望著他，說不出話來。

他撇下我出去了，直至第二天早上才回來，我像個等待不忠的丈夫回來的女人，痴痴地等。

接著的一個星期，他對我不瞅不睬，星期日，他三個姐姐回來吃飯，她們把我當做一個怪物看待。

他越想我走，我越不走。

每天睡在客廳裡的我，越來越像一個鬼魅，快要變成一隻淒厲的女鬼了。

這天，回到公司，高海明打電話來給我。

「我還在日本，明天就回來，妳妹妹已經安頓好了。」

「謝謝你。」

「妳想要什麼禮物？」

「如果有尊嚴，請替我帶一份回來。」我苦笑。

我的尊嚴要去買才有了。

第二天，天氣一直很壞，天文台懸掛起三號風球，聽說傍晚可能會改掛更高的風球。

下午四時，天文台突然改掛八號風球，方元不在香港，香玲玲的丈夫來把她接走，王真也匆匆走去坐地鐵。我茫茫然在辦公室裡待到五點多鐘，想不到離開辦公室，街上還有很多趕著回家的人。

滂沱大雨中，一輛私家車不斷向我按喇叭，我看不清是誰。高海明從車上走下來向我揮手。

「歡兒，上車！」他叫我。

我衝上他的車。

「你不是今天才回來的嗎？」我問他。

「兩點鐘到香港，我看見掛八號風球，怕妳找不到車。」

「謝謝你。」

他遞了一條毛巾給我抹身，問我：「妳沒有帶雨傘嗎？」

「沒有。」我說。

「妳叫我買的東西，我買了。」他說。

我愣住，難道他連尊嚴都買了回來？

他從塑膠袋裡拿出一碗日本杯麵，上面寫著斗大的兩個字「尊嚴」。

「妳不是叫我買一份尊嚴回來嗎？我在超級市場找到這種湯麵，每一碗麵都寫著不同的字。」他從塑膠袋裡掏出另一碗杯麵，上面寫著「男性專用」四個字。

「這個是我的，男性專用。」他說。

我啼笑皆非。

「我送妳回家。」

「我不回家。」我說。

這個時候，曉覺也許去接另一個女人。

「那妳想去哪裡？」

「哪裡都可以。」

「有沒有興趣來我家？」

「你不是跟你爸爸媽媽一起住的嗎？」

「我們住同一座大廈兩個不同的單位。」

高海明的家在山頂，他住的地方很大，一個人住，顯得很孤清。

我站在落地玻璃窗前，整個香港半島都在狂風暴雨中。

「妳要吃什麼？」他問我。

「當然是尊嚴湯麵，我要補充一下尊嚴。」我說。

「好，我去煲一點沸水。」

「有酒嗎？」

他打開酒櫃讓我看，裡面全是酒。

「你喜歡喝酒？」

「隨便買的。」他說。

我拿了一瓶烈酒。

「為什麼選這瓶？」他問我。

「你以為我會醉嗎？」我說。

高海明把杯麵端出來，我們坐在落地玻璃窗前，一邊看颱風一邊吃麵。所謂尊嚴湯麵其實是一種辣味雜菜麵。

「還有沒有？」我問他。

「妳還想吃？」

「我失去了很多。」我說。

「好，我再去泡一碗麵。」

我到洗手間去，經過他的睡房，看到那架已砌好的野鼬鼠戰機模型，高海明把它放在床邊的案頭。那一架野鼬鼠完美無瑕，好像隨時都會飛上天空。

整間房子，就只有這一架戰機。

「為什麼房裡只有這一架戰機？」我問高海明。

「只有這一架，我是為自己砌的。」他說。

「很漂亮。」我說。

「想不到十一月還會颱颱風。」他說。

是的，夏天都過去了。

我喝了很多酒，高海明不是我的對手，很快便醉倒。

「我走了。」我告訴他。

「我送妳。」

「不，你睡吧。」

我悄悄地走了。

我冒著颱風回到曉覺的家，曉覺早就呼呼大睡了，他竟然一點也不關心我的安全。

我撥電話給夢夢，一聽到她的聲音，便忍不住哭了。

「妳在哪裡？」她問我。

「在曉覺家裡。」我哽咽。

「什麼事？」

「我是不是不該來這裡？」我嗚咽。
「妳是不是喝了酒？」
「我做錯了什麼？他要這樣對我。」
「妳別這樣，妳聽我話，現在立即回家。」
我掩著嘴巴痛哭，把電話掛上。
喝了酒真好，很快就入睡了。
第二天，天文台仍然懸掛八號風球，曉覺換好衣服出去。
「你去哪裡？現在出去很危險。」我說。
「我有事要辦。」他說。
「你約了她是不是？」我本來想好好控制自己的，可是我辦不到。
「夠了夠了！」他發脾氣，「妳不要再管我，妳到底知不知道自己在做什麼？」
「我要你和她分手！」我指著他說。
他不理我，想轉身離開，我拉著他的衣角不讓他走：「你聽到沒有，我要你和她分手！」

「妳放手！妳是不是瘋了！妳何必這樣做？妳這樣做，只會破壞妳在我心中最後的好印象。」

「我在你心中還有好印象嗎？」我淒然說。

「我們分手吧。」他說。

「我不會跟你分手的。」我倔強地說。

「我欠妳的錢，我會還給妳！」

我掩著耳朵，「不要再說了，我供你讀書，不是要你還錢，你還錢給我有什麼用？錢能買回我失去的感情嗎？」

「有些事情是不能勉強的。」他說。

「說得倒瀟灑！難道這十年來是我勉強你嗎？」

「過去的事不要再說了！妳留在這裡也沒意思。」

他打開門出去，我死命拉著他的衣袖不讓他走，「不准走！求求你不要走。」

這個時候，夢夢在門外出現。

「妳來這裡幹什麼？」我問她。

「來帶妳走！」她狠狠地瞪了曉覺一眼說，「這種男人值得妳留戀嗎？簡直就是騙子！」

「妳來得正好，請妳勸她回去。」曉覺跟夢夢說。

夢夢拉開我抓著曉覺衣袖的手，問我：

「妳的東西呢？放在哪裡？」

曉覺匆匆走下樓梯。

「曉覺！」

我叫他他也不應我。

「我問妳，妳的東西放在哪裡？」夢夢阻止我追曉覺。

「在曉覺的房間裡。」我呆呆地說。

夢夢逕自走進曉覺的房間，把屬於我的一個尼龍袋和衣物拿出來。

「走吧！」夢夢跟我說。

「我不想走。」我哭著說。

她看到了沙發上的枕頭和被子。

「妳這陣子都睡在客廳裡？」她生氣地問我。

我羞愧得無地自容。

「妳跟我走！」她拉著我的手。

「我要等曉覺回來！」我說。

夢夢使勁地拉著我：「聽我的話，走吧！」

「伯母，我不要走！」我聲淚俱下向曉覺的媽媽求助。

「回家吧，歡兒。」她無奈地說。

我已經來了，我不能在這個時候走。

夢夢不知哪來的力氣，一直把我拉向大門。

我抓著門框，跟她角力，連腳上的拖鞋都飛脫了。

「妳放手，我不走！」我哭著說。

「妳那一塊牛肉已經腐爛了，妳還要吃嗎？」她問我。

「我喜歡吃牛肉。」我倔強地說。

她終於放手，說：「沒有人可以說妳低格，除了妳自己。」

我抓著門框流淚。

夢夢把我的尼龍袋扔在地上，怒氣沖沖地離開。

我蹲在地上拾回我的拖鞋和衣物。

我很高興自己可以留下來。

接著的一星期，我打電話給夢夢，她不肯聽我的電話，她仍在生我的氣。她又怎會知道，這些日子以來，只要曉覺不再趕我走，我便相信我們之間仍然有希望。

第二個星期，夢夢終於打電話給我，我們在公司附近的餐廳見面。

「對不起。」我跟她說。

「妳對不起妳自己，不是對不起我。」

「我不可以沒有他。」

「妳要怎樣才死心？」她反問我。

我搖頭，我是不會死心的。

「妳到底要不要尊嚴的？」她問我。

「愛情只有兩個結果——」我說，「你得到很多尊嚴，或失去很多尊嚴。」
「妳現在是得到還是失去？」她望著我。
我答不出來。
「現在是失去。」夢夢說。
「我以前曾經得到過。」我含淚說。
「能夠彌補妳今天所失去的嗎？」
「如果尊嚴可以換愛情，我不介意交換。」我說。
「如果連尊嚴都沒有了，還算是愛情嗎？」
「只要留得住，就有尊嚴。」
她望著我，搖了三次頭，我唯有苦澀地笑。
「鐵漢好嗎？」我問她。
「他駐守尖沙咀區。」
「該是個很重要的警區呀。」
「嗯。」

「妳不擔心嗎？」

夢夢搖頭：「我對他很有信心。」

我發現她手腕上綁了一條紅繩。

「這是什麼？」我問她。

「這個？在街上買的，我和鐵漢每人各有一條，綁在手腕上，作為記號，來世就憑這條紅繩相認，再做情侶，或者夫妻。」

我望著夢夢手腕上的紅繩，悲從中來，我真妒忌她。

「妳那麼愛他？」我問她。

「我從小就暗戀他。」她說。

我和夢夢在餐廳外分手。

「聽我說，回家吧。」她說。

我現在已經是進退兩難。

聖誕和新年，他把我一個人留在家裡。

他已經不當我存在。

我依然痴痴地等他。

這一天下班的時候，我心血來潮，到市場買了一瓶油浸鹹魚和一片雞胸肉，準備弄曉覺最喜歡吃的鹹魚雞粒飯，雖然不知道他會不會回來吃飯。

我來到曉覺家的門外，掏出鑰匙開門，發覺門不能打開，鑰匙沒有錯，是門鎖換了。

「曉覺，開門。」我大力拍門。

沒有人應我。

「曉覺，我知道你在裡面的，求求你，幫我開門！」我哀求他。

過了十五分鐘，他依然無動於衷，我像個瘋婦，坐在地上，不停地拍門：

「曉覺，是我，求求你讓我進來。」

「是她供你唸書的。」

我聽到他媽媽說。

是曉覺把門鎖換掉的。

我坐在門外，直到夜深，曉覺沒有出來開門。屋裡連一點聲音也沒有。

我的情敵程疊恩曾經在電話裡冷冷地跟我說：

「有時候，妳也只能夠放棄。」

雖然我痛恨她，但她一點也沒有說錯。裡面那個男人到底是什麼人？他竟然可以在我離開以後把門鎖換掉。他是我十年的戀人，是我供他讀書的，是我栽培他成材，他現在這樣對我。

我收拾好散落在地上的東西，還有那一瓶鹹魚和那一片雞胸肉，昂然站起來，離開那個門口。

溫馴的野鼬鼠在遇到襲擊時，就會射出臭液還擊，我是時候還擊了。

我以後也不要再回來。

我以後也不要再這麼愛一個人。

第三章——含笑飲毒酒。

愛情原來是含笑飲毒酒，肝腸寸斷，永不言悔。

夢夢知道我回家的事，第一句話便是：

「始終是尊嚴重要吧？」

夢夢第一張大碟推出，反應十分好，她是新人，她的新歌竟然上了電台龍虎榜的第一名，每次我逛唱片店，都聽到店裡播她的歌。

有時候，我真的很妒忌她，妒忌得有一段日子，我甚至不想找她，不想見她。

我曾經在唱片店裡碰到胡鐵漢。

「來買夢夢的唱片嗎？」我取笑他。

「不是。」他靦腆地說，「夢夢那天才問起，妳近來為什麼不找她。」

「她工作忙嘛！你們有沒有時間見面？」

「她無論多麼忙，也會抽時間見我。」他幸福地說。

我看到他左手的手腕上綁著一條跟夢夢手腕上那條一模一樣的紅繩和那枚我送他的軍錶。

「今天輪到你戴嗎？」我問他。

他點頭。

夢夢向記者承認她有一個青梅竹馬的男朋友，她將來會嫁給他。感情空白的我，寄情工作。

夢夢找過我好幾次，我都推說沒空見她。

「到底發生什麼事？是不是我做錯了什麼？」她在電話裡問我。

「妳沒做錯事，能認識妳這個朋友是我的光榮，我有哪一點比得上妳？」我酸溜溜地說。

她掛斷電話。

她不找我，我也不找她。

她要什麼就有什麼——金錢、名譽、男人、愛情，她都擁有。我只是要一個曉覺，他也從我手上飛走。

命運何曾對我公平？

夢夢打電話來公司給我，她說：

「我在樓下咖啡室等妳，妳不來，我們以後也不要做朋友了。」

我迫於無奈到咖啡室見她。

「妳為什麼要避開我？」她問我。
「我沒有避開妳。」我說。
「妳用不著否認，我是不是有什麼地方得罪了妳？」
「妳沒有得罪我，幸福的女人和不幸的女人是不可以走在一起的。」
「原來是這樣。」
「只是不想把我的悲傷傳染給妳。」
「妳根本沒有把我當做朋友。」
「我有。」我說，「因為妳是我最好的朋友，我在妳面前才會慚愧，我才會跟妳比較，我很妒忌妳。」
我忍不住掉下眼淚。
她也忍不住流淚。
我看著她流淚，心裡很內疚。
「對不起。」我說。
「不走到人生最後一步，也不知道哪一個才是最幸福的人。」她說。

這一天，方元叫我進去他的辦公室。

「有一件新工作交給妳負責。」他說。

「是新客戶來的，服裝連鎖店，老闆的女兒接掌市場部，想替整個集團換一個新形象，所以連公關公司都換過。」

「我跟她聯絡，看看她有什麼想法。」我說。

「妳近來很晚才下班，不用跟男朋友見面嗎？」

「沒有了。」我說。

「高海明不錯的。」

「我怎高攀得起？」

「他對妳好像很有好感。」

「還是靠自己比較好。」我說。

方元莞爾。

我跟服裝連鎖店的小老闆史蒂芬尼．程的秘書約好時間跟她見面。

他們的總部在長沙灣，地方很大，市場部就獨佔一層。

「程小姐在裡面等妳。」她的秘書說。

我進去，史蒂芬尼．程原來就是程疊恩，她身邊還有一男一女高級職員。

「原來是妳！」她一笑。

「我是韻生的邱歡兒。」

我真想掉頭跑，我竟然要侍候她，她高高在上，而我顯得那麼寒磣。

「邱小姐，請坐。」她一臉得意神色。

我把名片遞給她。

「我們見過面，通過電話了。」她說。

她滔滔不絕說出她的想法，連要贊助那些明星穿她的衣服都已想好了。

「妳跟朱夢夢很熟吧？」她問我，「她現在紅，就贊助她。」

「她不一定肯。」我說。夢夢如果知道是程疊恩的公司贊助，一定不肯接受。

「那就要看妳了。」程疊恩威脅我。

這時候，有電話接入來找她，她秘書說是區先生，那應該是曉覺。

「吃午飯？好呀，等會兒見。」她跟電話裡的人說。

「我回去擬好一份計畫書給妳，如果沒什麼事，我告辭了。」我起來說。

「妳沒事吧？」她突然問我。

「什麼事？」我反問她。

「曉覺說妳精神好像出了點問題。」她當著兩名高級職員面前說。

「程小姐，韻生不會派一個精神有問題的職員來跟妳合作的。」我反擊她。

她一笑。

曉覺竟然跟她說我精神有問題。

「能換一個人去負責這件工作嗎？」我問方元。

「什麼事？」他問我。

「沒什麼——」

「其他人都有工作，而且我認為這項工作很適合妳。」

「那我就繼續負責吧。」我無奈地說。

程疊恩竟然也沒有怎麼為難我。她已經是勝利者，其實也不需要為難我。

我終於要找夢夢。我們相約在旺角一個咖啡座見面。

「為什麼不找我？」她一坐下來便問我。

「工作忙嘛。」我說，難道我告訴她她令我很自卑嗎？

「妳想我穿她公司的衣服嗎？她是妳情敵。」

「她現在是我的客戶。」

「是為妳自己還是為了討好曉覺？」

「我不會再討好他。」我說。

「那我答應。」

「謝謝妳。」

「有一個人要來見妳。」

「誰？鐵漢？」

「他來了！」夢夢指著咖啡座的入口。

原來是余得人。

「很久不見了。」他靦腆地說。

「你們慢慢談，我約了記者在附近做訪問，我要先走。找我呀！」夢夢拍拍我的肩膀。

余得人正想開口跟我說話。

「不要跟我提曉覺——」我制止他。

「我沒有跟他見面。」

「你們不用為我而不見面。」

「他要追求那個富家女，也沒有時間跟我們見面了。」

「對不起。」我說。

「什麼對不起？」他愕然。

「那天我說你低格，真的有報應，低格的是我。」我苦笑。

「算了吧，看到妳沒事我就放心。」

「我沒事。」我說。

他又怎麼知道我的傷口在夜闌人靜的時候仍然是椎心的痛。

離開咖啡座，我獨個兒在街上逛，突然想起了那間模型店，於是走到那兒。

「是妳。」老闆認得我，「那架野鼬鼠砌好了沒有？」

我點頭，貨架上已經再找不到那種野鼬鼠戰機了。

「不進貨了，不是新款，很少人會買，妳買的那一架是最後一架。」

我正想離開模型店，高海明剛走進來。

「為什麼妳會來這裡？」他問我。

「我經過這裡。」我說。

我看到他手上拿著一只皮箱。

「砌好模型來交貨嗎？」我問他。

他點頭，我看到他把模型交給老闆，然後從老闆那裡拿了一千元。

「妳有空嗎？拿了薪水，可以請妳吃飯。」他說。

「好呀！」我說。

我們去了灣仔那家義大利餐廳吃飯。

他叫了一客天使頭髮。

「你不悶的嗎？每次都吃這個。」我問他。

「我很少改變口味的。」他說。

「那天晚上要妳一個人走，真的不好意思。」他說。

「你的酒量很差勁呀！」

「對。」

「但你家裡有很多酒。」

「酒量差不代表不可以喝酒。」

「說得對。你還一直替人砌模型飛機嗎？什麼時候才會停？」

「直到我不再相信愛情。」

「你相信的嗎？」我反問他。

「妳不相信嗎？」

「我很難會再相信。」我說。

離開餐廳，高海明跟我說：

「還剩下兩百元，去吃冰淇淋好嗎？」
「不去了。」我沒心情。
「沒關係。」他有點兒失望。
「下次吧。」
他點頭。
「妳這麼久沒有找我，我還在擔心妳。」他說。
「那你為什麼不找我？」
「我害怕被人拒絕。」
「而且是被我這種人拒絕——」
「我不是這個意思。」
我深呼吸一下：「已經是秋天了」。
「秋天已經過了一半，快到冬天了。」
「砌模型是不是可以消磨很多時間？」我問他。
「妳想消磨時間嗎？」

「我現在有很多時間。」我說，「所以很想砌模型。」

「女孩子在這方面是很糟的。」他一副不相信我可以砌模型的樣子。

「也不一定。」我說，「或者我可以砌出一架戰機。」

「好，我教妳。」他說。

第二天，高海明約我吃午飯，他送了一盒模型給我。

「螺旋槳是最簡單的了，妳由這個開始吧。」他說。

「謝謝你，多少錢？」

「如果砌得不好，我才向妳收錢。」

我看著那盒模型，根本不知道從何著手。

「裡面有說明書的。」他說。

原來砌模型真的可以消磨時間，我只剩下很少時間傷心。

我花了四個星期才把模型砌好，第一件作品，瑕疵很多，我只得硬著頭皮交出作品。

「很糟呀！」他老實不客氣地說。

「是不是不及格？」

「夾口位砌得不好，配件嵌得不夠四平八穩，所以飛機的輪便東歪西倒，貼印水紙時力度也不夠精準，妳看，印水紙爛了。」他把我砌的模型批評得體無完膚。

「這是我第一件作品。」我生氣。

「所以妳要繼續努力，工多藝熟。」他從公事包裡拿出另一盒戰機模型給我。

「這是妳第二份功課。」他說。

「謝謝你。」

他對我真的是無話可說。

「不是說過不要跟我說多謝嗎？」

「我欠你很多。」我說。

「我想看到妳跟以前一樣。」

「跟以前一樣？」

「自信和快樂。」

我嘆了一口氣。

「這樣的妳最可愛。」他深情款款地說。

「我們是朋友嗎？」我問他。

他臉上閃過一絲失望：「妳只想和我做朋友？」

「我已經不懂得愛人，也沒有力氣去愛人了。」

他苦笑一下，把我已砌好的模型收起來。

「這麼差勁的作品留在我處好了。」他說。

我花了三個星期砌好第二架戰機模型。

「仍然很糟。」高海明說。

「我已經很花心思了。」我反駁。

「花心思不代表好。」他說。

「你說得對。我們最花心思愛的那個人，回報可能最少。」

「這個也要收起來。」他把我的戰機收下，拿出另一份模型，「這是第三份功課。」

「我的天！」我說。

「是不是想放棄？」

「才不！」我把模型搶過來。

「這一架戰機，要在十六天之後交貨。」

「為什麼？」

「十六天之後，剛好是平安夜，如果能夠準時完成，我請你吃平安夜大餐。如果未能完成，就要妳請我。」

「已經是聖誕節了？」我驚覺。

「已經是冬天了。」他望著窗外說。

「好，平安夜見。」我說。

在十二月二十四凌晨，我終於完成了手上的戰機模型。早上一到公司，便接到高海明的電話。

「怎麼樣？」他問我。

「對不起，要你請我吃飯了。」我說。

「我在山頂餐廳訂了位，七點三十分就來接妳。」

「到時見。」我說。

高海明準時來接我。今天晚上，他穿了一套深藍色的西裝，剪了一個頭髮，樣子很好看。

「你今天晚上打扮得很好看。」我說。

「謝謝妳，妳沒有穿大衣嗎？」

「我不冷。」我說。

其實我根本沒有一件像樣的大衣。曉覺並沒有遵守諾言還錢給我。

我們坐在山頂的露天餐廳，風很大，我強裝作一點也不冷，以免顯得寒磣。

「前年的平安夜，我在富士山打電話回來給妳，記得嗎？」

「記得。」我說。

「這麼快又兩年了。」

對我來說，這兩年過得很慢，簡直就是度日如年。

「妳的功課呢？」他問我。

我把砌好的戰機模型拿出來。

「進步了很多。」他一邊看一邊說。

「是嗎？」

「起碼像一架戰機。」

「你這是讚美還是批評？」

「當然是讚美，妳以前砌的兩架根本不像話。」

「都是你指導有方。」我說。

「這個就當送給我的聖誕禮物。」他說。

「如果你不嫌棄的話，沒問題。」

他把一盒新的戰機模型送給我。

「是聖誕禮物？」

「是第四份功課。」他說。

飯後，高海明開車載我到山頂公園，我們坐在長凳上聊天，山頂上的空氣很冷，我不停地打哆嗦。

「今天晚上，妳會掛一隻聖誕襪在床尾嗎？」他問我。

「聖誕襪？」

「妳說過妳小時候每年平安夜都掛一隻聖誕襪在床尾。」

「我已經不相信世上有聖誕老人了。」

「妳不掛一隻襪，又怎知道沒有聖誕老人？妳說的，懷著一個希望睡覺，又懷著一個希望醒來，是很幸福的。」

「幸福只是一種感覺。」

「幸福應該是很實在的。」

我指著腳上一雙黑色的棉質襪說：「今天晚上我只有這一雙襪。」

他走到車尾箱拿出一件東西來。

「我做了一隻送給妳。」他說。

「襪？」我驚訝。

「是聖誕襪，想妳懷著一個希望睡覺。」

他把手上那隻紅色的聖誕襪攤開，那隻襪很大，攤開來，有差不多六呎高四呎寬，剛好鋪在我們坐的一張長凳上，襪頭是羽毛造的。

「這麼大隻？」我嚇了一跳。

「可以載很多很多希望。」他說。

「比我睡的床還要大。」

「妳可以睡在裡面。」他說。

「是嗎？」

我鑽進聖誕襪裡，這隻巨型聖誕襪剛好把我藏起來，像一個睡袋，襪是用很好的絲絨做的，睡在裡面很暖，在這麼寒冷的時候讓它包裹著，太幸福了。

「你會做襪子的嗎？」我問他。

「我以前上家政課拿甲等的，暖嗎？」

我點頭。

「妳剛才一直打哆嗦，又不肯說冷。」

我坐起來，望著高海明說：「謝謝你。」

他用手掩著我的嘴：「不要說謝謝。」

我捉著他的手，問他：「你為什麼對我這麼好？」

他抱著縮進聖誕襪裡的我，吻我。

我很久沒有被吻了，那是一種久違了的幸福的感覺，甚至被擁抱著也是我久違了的一種幸福。

這一晚，我住在聖誕襪裡。

被愛畢竟是比較幸福的。

「真的嗎？妳真的跟高海明戀愛？」蓼蓼雀躍地問我。

「在他面前，我覺得很有尊嚴。」

「妳愛他嗎？」

「還未到那個地步，起碼我還不會為他綁一條紅繩在手腕上。」

「只是時間問題。」

「我真的需要他，他在我最失意的時候出現，他是我的救生圈。」

「一個天長地久的情人不應該只是一個救生圈。」

「一個救生圈在有需要時便是一切。我不會再栽培一個男人了，原來妳把他栽培得太好，只有兩個結果──妳失去他或他被人偷了。」

在高海明的栽培下，我已經砌出第十架戰機模型，每一架都比前一架進步，原來被人栽培是比較幸福的。

我常問自己：「我愛高海明嗎？」

他是我的救生圈，而曉覺是我生命的全部。

春天來了，夢夢的第二張唱片比上一張更受歡迎，她現在是紅歌星了。報上說她跟一個男歌手戀愛。

「是真的嗎？」我問她。她手上仍然綁著那條紅繩，今天輪到她戴著那只軍錶。

「我很愛鐵漢，沒有任何人可以和他比。」

「看到妳手上的紅繩我就放心。可是，妳現在這麼出名，他會介意嗎？他一向很大男人主義。」
「他知道我很愛他，只要有愛，有什麼問題不能克服？既使只有一個鐘頭睡覺，我也寧願用來陪他。」
「看到有人這麼相信愛情，真好。」
「妳不是也有高海明嗎？」
「他對我很好。」我說。
「妳應該愛他。」
我失笑：「沒有應不應該的，只是，一個深可見骨的傷口，即使復原了，也不會跟從前一樣了。」
這一天我跟高海明在銅鑼灣吃日本菜。
「我下個月要去日本出差，妳有空嗎？如果妳也能去，我們可以探望樂兒。」
「不知道可不可以拿到假期，我回去看看。」我說。
這個時候，曉覺、程疊恩和曉覺的三位姐姐進來，坐在另一桌。

他們談笑生風，他那三個勢利的姐姐好像跟程疊恩很談得來。我聽到她們說，這一餐是曉覺請的，他剛升職。

「妳沒事吧？妳的臉色很差。」高海明說。

「我以前的男朋友坐在那邊。」我說。

「要不要換個地方？」他問我。

我點頭。

高海明叫人結帳。

離開餐廳之前，我改變了主意。

「我介紹他給你認識。」我拉著高海明走到曉覺面前。

他們一家和程疊恩看到我和高海明，有點愕然。

「真巧，在這裡碰到你。」我大方地跟曉覺說。

「很久沒見了。」他站起來說。

「我給你們介紹，這是區曉覺，這是高海明先生。」

「你好。」高海明跟曉覺握手。

「高海明是樂濤集團的總裁，也是你老闆的舅爺。」我故意強調。樂濤在香港是大集團，無人不識。

曉覺和程疊恩果然露出訝異的神色。

「我們走了。」我跟高海明說。

我昂首闊步離開餐廳。

我利用高海明出了一口氣。

高海明和我轉到另一間餐廳吃飯。

「妳為什麼要告訴他我的背景？」他問我。

「有什麼關係？你不喜歡嗎？」

他沉默。

「我最討厭他那三個姐姐。」我說，「是我供他讀書的，沒有我，他怎麼會有今天？現在坐享其成的是那個女人和他三個姐姐。他從來沒有請我吃過日本菜，他們剛才吃神戶牛肉呢！他憑什麼，她們憑什麼？」

我以為我已經可以忘記曉覺，可是再看到他，又挑起我記憶裡最痛楚的部分。我不甘心，尤其看到他那麼快活。

高海明一直沒有出聲。

「走吧，我要上班了。」我說。

他送我上電梯。

「妳一直沒有忘記他。」他說。

「我恨他。」我說。

「要曾經很愛一個人，才會這麼恨他的。」

我無言。

「妳根本沒有愛過我。」

「胡說！」我掩飾。

「為什麼妳不可以忘記他？」他哀哀地問我。

「是的，我不可以忘記他，他是我第一個男人。」

「就是因為這個緣故？」

「這還不夠嗎？還不夠的話，我告訴你，他是我生命的全部。」

他傷心地凝望著我。

「你說得對，愛情是含笑飲毒酒，我喜歡飲這一杯毒酒。」我倔強地說。

「他已經不愛妳。」

「你是什麼人？我的事關你什麼事？」我衝口而出。

「我以為我是妳男朋友。」他難堪地說。

「我和你加起來，放在試管裡，並不能變出你理想中的顏色——那一種明亮的藍色。我們是兩種無法配合的物質，算了吧，我們分開好了。」我說。

電梯到了，我走出電梯，他留在電梯裡，沮喪地望著我。

「我真的那麼糟嗎？」他抵著電梯門問我。

「是我無法配合你，對不起，我無法愛你。」我說。

「我明白。」

「對不起。」我轉身離開。

「再見。」我聽到他跟我說。

「再見。」我頭也不回。

過了幾天，他沒有再打電話來。

他可曾理解，那是一段十年的感情？

那天夜裡，我收拾抽屜裡的東西，我看到他以前送給我的那三十二罐空氣和那隻聖誕襪。

我打電話給他，他的女傭說他離開香港了。他為什麼不告訴我一聲？

「妳知道他去了哪裡嗎？」我問她。

「高先生沒有說。」

我打電話到日本給樂兒，他說高海明沒有找她。

「如果他來找妳，妳立即打電話給我。」我說。

「姐姐，妳和海明哥哥是不是吵了架？」樂兒問我。

「我們沒有吵架。」我說。

過了好多天，我再打電話給樂兒。

「他沒有來過，他可能不是來了日本。」樂兒說。

他去了哪裡？為什麼不辭而別？

過了一個星期，我打電話給他的秘書。

「高先生還沒有回來，他暫時不會回來了。」她說。

我愣住：「為什麼？」

「他已辭去總裁的工作。」她說。

到底發生了什麼事，我不停傳呼他，打電話到他家裡，都找不到他。

他去了哪裡？

那天我不應該這樣對他，但他也應該給我一個機會道歉。

一個禮拜之後的深夜，我終於接到他的電話。

「你去了哪裡？」我問他。

「我不會回來了。」他說。

「什麼意思？」

「妳根本不愛我。」

「我愛你的。」

「妳不要騙自己。」

「你回來再說——」

「妳根本沒一刻愛過我。」

我無言。

「我不可以再望著妳——」他嘆息。

「你也和他一樣，到頭來都捨棄我。」我罵他。

「妳知道我不是的。我不在的時候，妳要保重。」

他掛斷電話。

他就這樣走了，再沒有打電話來。

「他愛我，他很快會回來的。」我這樣安慰自己，他是我的救生圈，他不能夠在這個時候丟下我。

我跑上他的家，他的菲律賓女傭開門讓我進去。

「高先生已經很久沒有回來了。」女傭說。

「我可以進去他房間看看嗎？」我問她。

「妳請便。」她說。

我走進高海明的睡房，那架野鼬鼠戰機依然放在床頭，他沒有帶走。

我砌的十架戰機，他放在架上，由第一架開始排到我上個月砌的最後一架。他自己砌的戰機，反而沒有保留。

那天，我故意在曉覺面前強調他的背景，只是為了炫耀。我把高海明拿來炫耀，我並不愛他，他走了，我也無權恨他，而且是我說要分手的。

「邱小姐，妳走了？」女傭問我。

「如果高先生回來，妳叫他一定要找我。」我說。

我根本沒有把握他會回來。

「他會回來的。」夢夢安慰我。

「不會的，他是個很固執的人，我知道。」我說。

「或者他想妳找他。」

「如果他不出現，我可以到哪裡找他？」我無奈地說。

「妳想想——」

「我想到了！」我靈機一觸，「他有可能會去那個地方，如果他還在香港的話。」我到旺角那家模型店看看高海明有沒有去。

「他沒有來過。」老闆說，「我也想找他，我這裡有好幾盒模型等著他砌。」

我在字條上寫了幾個字，叫他找我。

「老闆，如果你見到他，請你把這個交給他。」我把字條放在信封裡交給老闆。兩個月過去了，我一天比一天掛念他，原來他不只是我的救生圈，可惜我發現得太遲。我那天實在太過分了。

下半年，樂濤的新總裁上任，是他們家的親戚，叫高燃，我跟他開過一次會，是在他的辦公室。從前坐在這個辦公室裡的，是高海明，我們在這裡邂逅。他常用來砌模型的工具仍然放在桌上，我突然覺得他很殘忍，他連一次機會也不給我。他的失蹤就像樂兒當天失蹤一樣，他替我把樂兒找回來，可是誰替我把他找回來？

十二月份，我拿了一個禮拜的假期到日本探望樂兒。

樂兒仍然住在高海明的朋友川成先生夫婦家裡。他們很好客，招呼我住下來。樂兒長大了很多，很會照顧自己，她已經上高中了，課餘就在川成先生的公司做兼職。

「高先生很久沒有來日本找過我了，我們夫婦都很掛念他。」川成先生說。

「我也不知道他去了哪裡。」我說。

「他以前也會偶爾打電話來問候，我已經很久沒有接過他的電話了。」川成先生說。

是的，我已經一年沒有聽過他的聲音了。

「姐姐，我明天早上陪妳上富士山玩好嗎？富士山現在下雪呢，很漂亮。」樂兒說。

第二天早上，我們從東京啟程到富士山，下榻在一間和式的酒店。

「海明哥哥每次來富士山都住這家酒店。」樂兒告訴我。

「真的嗎？」

「那次他來東京探我時說的，妳猜他會在這裡嗎？」

「在這裡？」我茫然。

「我們可以向酒店打聽一下。」

我向酒店的房間服務部查詢住客的名單，他們找到高海明的名字。

「高先生曾在這裡住過。」那位服務生說。我喜出望外，追問她：「他什麼時候在這裡住過？」

「最近一次是三年前的十二月二十四日。」那一天，他從富士山打電話到香港跟我說聖誕快樂。

我用顏色紙摺了一隻千羽鶴，在鶴身上寫上幾行字，叫他見到紙鶴要找我。

「如果高先生再來，請妳把這個交給他。」我跟服務生說。

「好的。」

「妳很掛念海明哥哥嗎？」樂兒問我。

「一天比一天掛念。」我望著窗外的雪景說。

「他對妳真的很好，如果不是他，我可能仍然留在香港，什麼也做不成，我一個人來到日本，才知道要努力，要靠自己。」

「妳離家出走的時候，有想過回家嗎？」我問樂兒。

樂兒搖頭。

「為什麼？」我驚訝。

「如果想過回家，便不會走。」

那麼高海明也不會回來了。

「早點睡吧，我們明天上山頂滑雪。」樂兒說。

樂兒睡了，我走到酒店大堂，再找剛才那位服務生。

「高先生每次來這裡，是不是住在同一間房間？」我問她。

她翻查紀錄，告訴我：「對，他每次都住在六〇六號房。」

「六〇六號房現在有沒有人住？」

「讓我看看。」她翻查紀錄，「今天晚上沒有客人。」

「可以讓我進去看看嗎？」

「這個，好的，讓我安排一下。」

那位女服務生進去辦公室拿了鑰匙，陪我到六〇六號房。

「就是這一間房。」服務生說。

我走進房間，窗外的雪景比我住的那一間更加迷人。

「他每次都是一個人來嗎？」

「對，高先生很喜歡這裡。」

我坐在窗前看雪景。

「我可以在這裡逗留一會嗎？」我問她。

「沒問題。」

服務生出去了。

我發現榻榻米上的棉被翻開了，她說這個房間沒有人住，為什麼棉被會翻開？我追出去找那位服務生。

「小姐——」

「什麼事？」她回頭問我。

「妳進來看看。」我叫她進房間。

「妳說這間房沒有人住，為什麼棉被會翻開的？」

「可能是女工不小心吧。」她說，「還有沒有其他事？」

「沒有了。」我說。

那張榻榻米好像是有人睡過的，我把手身進被窩裡，被窩還是暖的。高海明會不會在這裡，知道我來了，所以躲起來？我打開衣櫃，裡面一件行李也沒有。

第二天早上，樂兒和我上山滑雪，她的同學也來了，我不懂滑雪，只好在滑雪場旁邊的小商店流連。

有好幾個攤販賣的是富士山的空氣，一個小罐，裡面裝的是山上的空氣。

高海明送給我的那三十二罐空氣，就是在這裡買的，我現在腳踏著的地方，他也曾經踏著。

他送給我的，不是空氣，是愛。愛是空氣，我當時為什麼想不到？

他說，愛情是含笑飲毒酒，那時我以為飲毒酒的是我，原來是他。他付出那麼多，我從來沒想過回報，灌他飲毒酒的人是我。

為什麼我這麼沒用？他走了，我才發現我愛他？太遲了。

「姐姐，妳為什麼不留在這裡過聖誕節？」樂兒問我。

「我一定要留在香港過聖誕。」我說。

十二月二十四號晚上，我回到香港，臨睡前，我拿出高海明去年送給我的聖誕襪，我把聖誕襪掛在床尾，長長地鋪在地上。它會為我帶來希望，我希望明天醒來，高海明會回到我身邊。他說過的，他想我懷著一個希望睡覺。

十二月二十四日，我一定要留在香港，我要把聖誕襪掛出來。

一覺醒來，聖誕老人沒有來，他也沒有把高海明送回來給我。

我把聖誕襪捲起來，抱在懷裡，世上真的沒有聖誕老人。

我又去了一次模型店。

「他沒有來過。」老闆說。

這早已在我意料之中。

「真懷念他砌的模型。」老闆說。

我何嘗不是。

「我這裡有一盒戰機模型，沒人砌呢，沒人砌得好過他。」老闆苦惱地說。

「客人指定要他砌的嗎？」

「嗯。這個客人每年都送一架戰機給男朋友做生日禮物，已送了兩架，都是高海明砌的，今年，她想送第三架，時間已經很緊逼了，還找不到高海明，她很徬徨。」

老闆拿出那盒寄存在店內的模型戰機，那是一架F-4S幽靈式戰鬥機。

「讓我試試好嗎？」我說。

「妳？」老闆有點疑惑。

「這一架機我砌過。如果我砌得不好的話，我賠償一架新的給你。」

「那好吧。」

我把模型戰機抱回家裡，花了三個禮拜的時間，很用心地去砌，唯有在砌戰機的時候，我覺得高海明在我身邊。如果我砌得不好的話，他會指出來的。

在砌戰機的過程裡，我總能夠稍稍忘記了寂寞。有一個女孩子承諾每年送一架戰機給男朋友，我不想讓他倆失望，既然兩架都是高海明砌的，第三架由我來替他砌，好像也是我和他的一種合作。他說他砌的戰機是代表愛情，而我砌的戰機代表我的內疚，他可會知道？

「砌得很不錯。」老闆一邊看我砌好的戰機一邊說。

「當然啦，我的師傅是高海明嘛。」我說。

「他砌的模型值一百分，妳的值七十五分，但客人可以接受的了，我立即打電話叫她來拿。」

我看著那架 F-4S 幽靈式戰機，有點依依不捨。

第二年年初，我升職了，薪水增加了百分之三十。

「妳的工作表現很好。」方元說。

那是因為我只能夠寄情工作。

「高海明是個怪人。」方元說。

我看著桌上那一架他砌的 F15 戰機，說：「他很殘忍。」

農曆新年，夢夢在溫哥華登台，她到達後兩天打電話來給我。

「我看到一個很像高海明的人。」她說。

「妳在哪裡見到他？」我追問她。

「在市中心 Hornby Street 的一間超級市場裡，我今天早上在超級市場購物，看到一個中國籍男子，樣子跟他很相像，我追上去，已經不見了他的蹤影。」

「妳肯定是他嗎？」

「當然不能夠百分之一百肯定。」

難道高海明一直躲在溫哥華？

在年初十那天，發生了事。

看到電視新聞報告時，我幾乎不敢相信。

胡鐵漢身中兩槍，重傷入院。

這一天傍晚，鐵漢休班，他約了我和余得人在銅鑼灣吃飯。我和余得人在餐廳裡呆等了兩個小時，也見不到他，還以為他臨時有大案要辦，所以不能來。

回到家裡，正好看到新聞報告，我看到血淋淋的他被抬上救護車，他的左手垂在擔架外，手腕上仍綁著那條紅繩。

案發時，兩名巡警在中區截查一名可疑男子，遇到反抗，那名男子突然拔出一把手槍向警員發射，警匪發生槍戰，該明悍匪挾持街上一名女路人做人質，登上一輛計程車，他們在左邊車門上車，胡鐵漢剛在右邊車門上車，我估計他當時是準備赴我們的約的。

胡鐵漢正在休班，身上沒有槍，在計程車上被那一名悍匪挾持。悍匪命令計程車司機把車開到海洋公園。這輛計程車在海洋公園附近被警方設的路障截停，發生警匪槍戰，計程車司機和女人質乘機逃走，胡鐵漢與悍匪在計程車上糾纏，身中兩槍，當時還不知道他身上所中的子彈是屬於悍匪還是屬於警方的。

我和余得人趕到醫院，他傷勢太重，經過醫生搶救無效，宣佈死亡，我和余得人抱頭痛哭。胡鐵漢那位當警察的爸爸坐在地上嗚咽。

我很吃力才能夠拿出勇氣打電話找正在溫哥華登台的夢夢。

她還在睡夢中。

「什麼事？」她問我。

我告訴了她。

「不可能的，妳騙我。」她笑說。

「我沒有騙妳，妳立即訂機票回來。」我說。

夢夢趕回來，已經看不見鐵漢最後一面。

鐵漢身上的子彈證實是由警槍發出的。最初跟悍匪槍戰的兩名巡警看不見鐵漢上車，他們一直以為計程車上只有司機和一名女人質。在海洋公園路障的警察收到通知，也以為車上只有兩名人質。當計程車衝過路障停下來，鐵漢與悍匪爭奪手槍，計程車司機和女人質乘機逃出來，當時司機曾告訴警方車上還有一名人質，警員聽不到，現場環境很暗，加上鐵漢和那名悍匪倒在後座糾纏，開槍的兩名員警看不到車上還有另一個人，於是遠距離向車廂內開槍。悍匪身中三槍當場死亡，鐵漢身中兩槍。

鐵漢竟然被自己的同僚開槍殺掉，他一生的宏願是做一名好警察，陰差陽錯，死在警槍之下。這是一個多麼荒謬的人生。

在鐵漢的喪禮上，我看到他的遺體，他左手手腕上仍然綁著一條紅繩，那是他和夢夢的盟誓，一語成讖，他們只好等待來世再做夫妻。

「夢夢——」我實在想不到任何安慰她的話。

她揚手阻止我說下去，含淚看著自己手腕上的紅繩，說：「他來世會認得我的，我們來世再見。」

我心酸，泣不成聲。

「這只軍錶我帶了去溫哥華，我應該留給他的。」她嗚咽。

「他不會消失的，沒有一種物質會在世上消失，他只會轉化成另一種物質，說不定會是妳皮膚上的灰塵。」我說。

她看看自己的手背說：「那就讓他停留在我的手背上吧。」

曉覺一個人來參加喪禮，我和他，已有一年多沒有見面了，我看到他，竟然沒有什麼感覺。

鐵漢的遺體送到山上安葬，塵土飛揚。下山的時候，曉覺走在我身邊。

「妳最近好嗎？」他問我。

「除了鐵漢這件事，我一切都很好。」我說。

「妳還恨我嗎？」他問我。

我望著他良久，說：「已經一點感覺都沒有了。」

我還以為我這一輩子也忘不了他，但此刻在我心頭縈繞的，是另一個男人。雖然他不知所終，但我知道他才是我愛的人，他是不會在世上消失的。

「謝謝你。」我跟曉覺說。

「謝謝我？」曉覺愕住。

「你使我知道什麼是愛，一個人若是愛你，不會不給你尊嚴。」

他一副很慚愧的樣子。

原來他已經不是我的一杯毒酒。

我問夢夢要了溫哥華那間超級市場的地址，請了七天假，到溫哥華找高海明。溫哥華正在下雪，我每天清早就在超級市場門外等，直至超級市場關門，如果高海明在這裡的話，他會來的。

我問過所有收銀員有沒有見過高海明。在他們眼中，每個中國人的樣子都是差不多的，根本沒人記得他。

我寫了一張字條，釘在超級市場的佈告欄上，希望他看到。

假期結束了，我必須離開。

夢夢再次踏上舞台，她的新歌叫〈紅繩〉，她在台上泣不成聲，鐵漢也許已轉化成她的一顆眼淚。

起碼他們可以在來世相愛，但我和高海明，連今世也不知道能否再見面。

這一天，我走上高海明的家，女傭幫我開門。家裡的一切，跟他離開前一樣。野鼬鼠依舊淒淒地站在床頭。他說過野鼬鼠這種動物，在遇到襲擊時，會噴出其臭無比的臭液退敵，他的不辭而別，也許是遇到襲擊的反應，是我傷害他。

我走到樓下他媽媽住的單位拍門。

「伯母。」

他媽媽見到我，很愕然。

「請坐，邱小姐，很久不見了。」

我看到高海明的爸爸坐在安樂椅上，他比高海明的媽媽老很多，身體不太好，行動不方便。

她跟我說話時，他一直望著她，她偶爾也深情款款地回望他，他們是那樣恩愛，是來世應該再做夫妻的一對人。

「對不起，我知道我很冒昧——」我說。

「不要緊的，海明這個孩子很任性的，說走就走，小時就試過離家出走。」

「他有寫信回來嗎？」

「寄過幾張明信片。」她說。

我喜出望外，問她：「伯母，能給我看看嗎？我知道我不應該看他寫給你的東西，但我真的很想把他找回來——」

「好吧，我拿給妳看。」

她拿了三張明信片給我看。

第一張是去年寄回來的，是從日本寄回來的，沒有地址，明信片上的風景是富士山，寄出的日期是十二月。十二月？難道那一天晚上他真的在酒店六〇六號房，知道我要進入房間，他走開了？

第二張明信片是布拉格廣場，是從布拉格寄回來的，日子是今年三月，那個時候，天氣這麼寒冷，他在布拉格幹什麼？

「媽、爸，這裡很冷，香港是不是也很冷？我喝了酒，身體暖和得多，不必掛心，保重身體。」

他在明信片上這樣寫。

他酒量是很差的，他竟然在布拉格喝酒，天氣那麼冷，日子一定過得很苦，是我對不起他。

第三張明信片是上個禮拜寄出的，地點是美國三藩市。

「他也打過電話回來，但從沒有告訴我他在什麼地方。」他媽媽說。

「伯母，如果他再打電話回來，請妳告訴他我很掛念他，我真的很掛念他。」我哽咽。

「好的。」她說，「我也很掛念他。」

我匆匆到旅行社買一張往三藩市的機票，他可能還在三藩市的。

到了三藩市，我想到一個新的策略，我在電話簿上抄下三藩市每一間模型店的地址，逐間逐間去找，高海明說不定會在模型店出現的。

我在栗子街一間模型店裡看到一架已砌好的 F15 戰機，砌得很漂亮。

「這架戰機是誰砌的？」我問老闆。

「是交給別人砌的，我們有一個人代人砌模型，他砌得很好。」老闆說。

「他是不是中國人？」

「對，他是中國人。」

「他叫什麼名字？」

「我只知道他的英文名字，他叫 Ming。」

高海明是沒有英文名字的，但來到三藩市以後，改了一個英文名字也有可能。

「他是不是只砌戰機？」

「對，他只砌戰機。」

「他住在什麼地方？」我追問老闆。

「不知道，不過他明天上午十一點鐘回來交貨。」

我在酒店，整晚也睡不著。

「我可能找到他了。」我打長途電話告訴夢夢。

第二天早上，我九點多鐘就來到模型店裡等他，兩年了，我不知道他會變成怎樣。

過了十一點鐘，高海明還沒有出現。

十二點鐘，砌模型的人來了，他不是高海明，他是一個中年男人。

「你為什麼只砌戰機？」我問他。

他搔搔頭說：「沒什麼原因，只是覺得戰機比戰艦容易砌，我是新移民，在這裡找不到工作——」

原來是一個毫不美麗的理由。

我失望地離開模型店。

臨走前的一天，我在地下鐵站看到一張尋人海報。一個男人在地下鐵站兩次碰到同一個女孩子，他想結識她，兩次都不敢開口，下車之後，他又後悔，但從此再碰不上她，於是他在地鐵張貼廣告尋找她，廣告上寫著：

妳是她嗎？
我們曾經在車廂裡相遇，毗鄰而坐，
失去了，方知道是遺憾，
再來，已碰不上妳，
妳的笑容是那樣甜美，縈繞心間，
可否重聚？
我的電話號碼是五六六—六八四二，我的名字叫基斯。
是的，失去了，方知道是遺憾，再來，已碰不到你。
我問地下鐵職員，我是否可以賣這種廣告，他說，海報要由我自己印製。印製海報需要時間，我明天就要回香港，哪裡趕得及？我寫了一張字條，黏在這張尋人海報上，我在字條上寫著：
野鼬鼠，
你在哪裡？
我來找過你。

什麼時候，

我們再一起吃天使的頭髮？

你說過物質是不會消失的，

只會轉化，

你轉化到哪裡？

我在找你。

高海明會知道是我。

從三藩市回來，我跟夢夢吃飯，她剛從泰國回來。

「天涯海角去找一個人，妳不覺得累嗎？」她問我。

「女人可以為愛情做到她本來做不到的事。」我說。

「有一個人可以找，也是好的，起碼有一個希望。」她黯然說。

我再一次上高海明的家找他媽媽。她給了我兩張明信片，一張是從威尼斯寄來的，另一張是從義大利那不勒斯一個小島 Capri 寄回來的。

「說不定他在那裡。」他媽媽說。

十二月，我拿了假期，先到威尼斯，這是一個很淒美的城市，街上有很多玻璃廠，燒出美輪美奐的玻璃器皿。

「能燒出一架野鼬鼠戰機嗎？」我問其中一個店東，並畫了一架野鼬鼠戰機給他。

他搖頭：「這個太複雜了。」

我坐在船上遊湖，高海明會在這裡嗎？

我問船家，他說沒有見過這樣一個人。

我知道他不會消失的。

離開威尼斯之後，我到了 Capri。這是一個美麗的小島，島上很多小屋，海水清澈。

我在海灘上流連，買了一瓶礦泉水，我寫了一張字條，塞進礦泉水瓶裡，拋出大海，說不定高海明在荒島上會拾到。

我只能夠這樣想，說不定他已經愛上另一個女人，他已經找到那一種在現世裡找不到的明亮的藍色，是 Capri 的海水也不能比擬的。

離開 Capri，我去了布拉格，他曾經在那裡寄過明信片回來。

布拉格的冬天很冷，漫天風雪，只有零下九度。

我住在查理士橋的一間酒店。

這一天是平安夜。我在聖馬可廣場走了一天，沒有碰到高海明。在一條小巷裡，我發現一間賣義大利粉的餐廳，坐近門口的一對情侶，正在吃天使頭髮。

我走進餐廳，冷得耳朵和鼻子都沒有感覺了。

我叫了一客天使頭髮，我現在才發現天使頭髮是很好吃的。

「有沒有一個中國男人在這裡吃過天使頭髮？」我問漂亮的女侍應。

「有一個中國男人曾經連續三個星期都來吃天使頭髮。」她說。

「他是什麼樣子的？」我追問她。

「個子小小的，頭髮天然捲曲，皮膚很白，大概三十一、二歲。」

原來他已經三十一、二歲。他已經走了兩年，應該是這個年紀了。

「他什麼時候來過？」

「是去年的事，他很喜歡這裡的天使頭髮呢。」

我寫了一張字條交給她：「如果妳再看到這個人，請替我把這張字條交給他。」

「他是妳什麼人？」她問我。

「是我最想念的人。」我說。

我離開了餐廳，回到酒店。

我從行李箱拿出高海明送給我的巨型聖誕襪，我鑽進襪裡睡覺。

我懷著一個希望睡覺。

醒來看不到他。

這一年的聖誕節，他依然不肯見我。

我越來越覺得去年這一天，他是在富士山上那個房間裡的，我曾經感受過他的餘溫。

是我把他趕走的，我怎能怪他？唸科學的人，都很執著。

兩種物質，只要溫度、能量、位置配合，便可以產生反應，我在痴痴地等。

每當午夜醒來，我總是很害怕，高海明還在嗎？他會不會已經不在了，轉化成一粒灰塵，偶爾停留在我的肩膀上。

我不捨得掃走我肩膀上的灰塵。

天涯海角，他在哪裡？

第四章——天使的頭髮。

她知道，他會重來，然而，首先說再見的那個人，永遠佔上風。

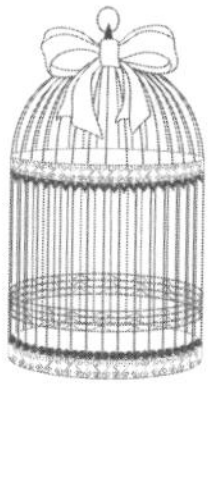

夏天又來了，我到模型店去，我跟那個年輕的老闆已經成為朋友。

「還找不到高海明嗎？妳兩年多前寫的字條還放在我這裡。」老闆說。

已經兩年多了？

「你看到他，請把字條交給他。」我說。

「這一盒模型是有人指定要妳砌的。」老闆把一架雄貓戰機模型交給我。

「指定？」我愕住。

「妳已經幫她砌過兩架，她很喜歡，所以指定要妳砌，她就是那個每年送一架戰機給男朋友做生日禮物的女孩子。」

「他們還在一起嗎？」

老闆點頭。

「好，這一架免費替她砌。」我說。

我把模型拿回家，自從高海明走了以後，我接下他的工作，替人砌模型，我曾問過他什麼時候停止替人砌模型，他說是當愛情消失的時候，我不會讓愛情消失。

離開模型店，我買了一本書，在咖啡座看，就在咖啡座裡，碰到程疊恩，她一個人。

她遠遠看到我，走到我面前坐下。

「妳有見過曉覺嗎？」她問我。

「什麼事？」

「我們分手了，他沒有告訴妳嗎？」她黯然說。

我搖頭：「我很久沒見過他了。」

「他愛上了一個比我和妳差很多的女人。」她不屑地說。

「我怎能和妳比？」我失笑。

她很尷尬。

「從來沒有男人敢甩我。」她說。

「有時候，妳也只能夠放棄。」我說。

她愣住，這句話是她當天跟我說的。

她在我面前無地自容，我沒有因此高興，關於曉覺的一切，我已經沒有感覺。

余得人在十二月二十三日結婚，夢夢特地從日本趕回來參加他的婚禮。

三年了，她已經是紅透半邊天的歌星，去年去了日本發展。我是死而復生。

只是，天涯飄泊的她，滄桑了很多，她手腕上仍然綁著那一條紅繩。

「我仍然很捨不得洗手呢，怕會洗去皮膚上的灰塵。」她說。

「我也捨不得掃走肩膀上的塵埃。」我說。

余得人跟他的同事結婚，婚禮在天主教堂舉行，看著他幸福地牽著新娘子走出教堂，我第一次發現，他長大了。在他新婚妻子的臂彎中，他顯得那樣穩重而高尚。一個男人，只要有一個女人愛他，他便顯得高尚。

曉覺獨個兒來觀禮。

他把一張支票交給我，金額是三十萬元。

「什麼意思？」我問他。

「是妳供我讀書的錢，我一直想一次還給妳。」

「你拿回去吧。」我把支票塞在他手上。

「這是我欠妳的。」

「你沒有欠我，你說得對，當初我供你讀書，只是一項投資，投資金錢，也投資感情。投資失敗，不可能要回錢的，對不對？所有投資都有風險，在投資的時候就應該知道要承擔後果。」

「妳跟以前真的不同了。」他用一種很尊重的目光看著我。

我仔細地看著曉覺，我發現他的一張臉原來很大，前額窄，耳朵很小，兩眉之間距離很狹窄，顎骨突出，鬍鬚很少，他活脫脫是犯罪學家 Cesare Lombroso 研究指出的罪犯型格。原來像罪犯的不是我爸爸，是他。

天！我從前為什麼會愛上他？

「妳沒事吧？」他看見我瞪著他。

「沒事，可能是我不用再供人讀書吧，一個人太需要錢，樣子就會很狼狽。」我說。

「我從來沒想過傷害妳——」

「算了吧，你不明白真正的傷心是怎樣的。」

真正的傷心是我負了一個男人。

參加完婚禮之後，我去找高海明的媽媽，她說他沒有再寄明信片回來，但打過電話回來。

「我跟他說妳很掛念他。」他媽媽說。

「他想見我的話，他會回來的。」我說。

「他太任性了，不知道等他的人多麼傷心。」他媽媽說。

「我是活該的。」我說。

「女人的青春是有限的。」她說。

「他走了，我才發現他是我最愛的人，我曾經以為他只是一個救生圈。」

「妳終於能夠愛上他，也是好事。」她望著安樂椅上的丈夫說。

我走上一層樓，進去高海明的家，一切和他走的時候一樣，那架野鼬鼠鋪了灰塵，我捨不得抹掉。

天涯飄泊的人，老得很快，高海明，你還在嗎？

這一年的十二月二十四日晚上，我睡在聖誕襪裡，聖誕老人沒有把高海明送來。

十二月二十五日晚上，我參加方元在我和高海明以前常去的灣仔那家義大利餐廳裡舉行的派對。

我叫了一客天使頭髮，天使會把他帶回來給我嗎？

「還在等高海明嗎？」

我點頭。

「妳肯定他會回來嗎？」

「我會一直找下去。」我說。

「妳所有的假期都用來找他。」

「所以我的假期很充實。」我說。

「他知道妳那麼愛他，他會回來的。」

「你怎麼知道？」

「我昨天在夢裡見到他。」

他擠擠眼。

「胡說！」

牽腸掛肚的日子，怎會容易過？我只是終於領悟到，愛會因為思念而與日俱增。

我在派對上抽到的獎品竟然是一盒戰機模型。

我抱著聖誕禮物離開餐廳，走出來時，遠遠站著一個穿灰藍色大衣的人，向我微笑。

不可能的。

那個人走過來，站在我面前。

不可能的。

他跟三年前沒有變，只是頭髮長了很多，像天使的頭髮。

他站在我面前，脖子上圍著頸巾，我幾乎聽到他的呼吸聲。

「歡兒——」他口裡噴出白色的煙。
他是實實在在的一個人。
我撲在他懷裡，他緊緊地抱著我，我不敢相信他回來了。
聖誕襪的神話竟然靈驗了。
「我很想你——」我說。
「我也是——」
「你為什麼要回來？」我生他的氣。
「我還欠妳一樣東西——」
「什麼東西？」我奇怪。
他從口袋拿出一罐富士山空氣。
「第三十三罐空氣，妳忘記了嗎？我還欠妳一罐空氣。」
「三年前的平安夜，你是不是在富士山那家酒店六〇六號房？」
他沒有回答我。
「你為什麼避開我？你很殘忍。」

「我以為我可以不愛妳。」

「你可以的。」我說。

「我不可以。」

「我以為你永遠不會回來了。」我用手掃去肩膀上的灰塵，我終於可以掃去灰塵了。

「我也以為是。」他深情地望著我。

「我要收回我三年前說過的一句話。」

「哪一句？」他問我。

「我無法愛你。」我說。

「我也要收回當天一句話。」

「哪一句？」

「妳根本不愛我。」他說。

「誰說我愛你？」

「方元說的。」

「原來你見過他，怪不得他剛才說你會回來。不過你回來也不是好事。」

「為什麼？」

「你失業了。」

「失業？」他奇怪。

「你代人砌模型的工作，我已經接上了，現在有人指定我砌模型呢。」

他失笑。

「我是毒酒是不是？」我問他。

他搖頭：「是我願意喝的。」

他在口袋裡拿出我留在富士山上的紙鶴，還有我留在布拉格那家吃天使頭髮的餐廳的字條。

「你都收到了？」

「我以為妳不會找我。」他說。

「我知道你不會消失的，你說過所有物質都不會在世上消失，只會轉化成另一種物質。」

他摟著我，使勁地吻我。

是我懷念了三年的擁抱和熱吻。

「你還會走嗎？」我問他。

他正要開口，我制止他說下去。

「下次你要走的時候，請讓我先說再見。」

「為什麼？」他問我。

我鑽進他的大衣裡說：

「首先說再見的，永遠佔上風。」

張小嫻 散文精選

愛情可以很偉大，
也可以很自私……

愛情，
不是你為我
做了什麼

Love is *You* & *Me*

而是
我們一起
做了些什麼

要找一段愛情，並不困難。
要找一段有質素的愛情，那才困難。
愛情可以很庸俗，也可以很高尚。
愛情可以很狹隘，也可以很廣闊。
愛情不是你為我死或我為你亡，
不是你為我做了些什麼，而是我們一起做了些什麼。

愛情到底是什麼？你愛我到底有多少？
最懂愛情的張小嫻，這一次要藉著戀人之間彼此的互動和心緒，
來揭示愛情最高貴的本質。
愛情從來不是索求，不是計較，
愛情是我們一起講情話，一起擁抱，一起夢想，一起成長，
是那些細微的小事，成就了每一段至高無上的戀愛。

特·別·收·錄
4段紙上微電影
彎道情人　Dears
王大陸、安婕希
主演

國家圖書館出版品預行編目資料

再見野鼬鼠 / 張小嫻著.--二版.--臺北市：
皇冠. 2015.05 面；公分（皇冠叢書；第4467種）
(張小嫻愛情王國；11)

ISBN◎978-957-33-3151-3（平裝）

857.7 104005095

皇冠叢書第4467種
張小嫻愛情王國 11
再見野鼬鼠

作　　者—張小嫻
發 行 人—平雲
出版發行—皇冠文化出版有限公司
台北市敦化北路120巷50號
電話◎02-27168888
郵撥帳號◎15261516號
皇冠出版社(香港)有限公司
香港上環文咸東街50號寶恒商業中心
23樓2301-3室
電話◎2529-1778　傳真◎2527-0904
責任主編—盧春旭
責任編輯—許婷婷
美術設計—王瓊瑤
著作完成日期—1996年10月
二版一刷日期—2015年5月

法律顧問—王惠光律師

讀者服務傳真專線◎02-27150507
電腦編號◎537011
ISBN◎978-957-33-3151-3
Printed in Taiwan
本書定價◎新台幣250元/港幣83元